# 蜡笔王国

# 七座森林

〔日〕福永令三 著

〔日〕三木由记子 绘

温桥 译

人民文学出版社

PEOPLE'S LITERATURE PUBLISHING HOUSE

著作权合同登记号　图字 01 - 2023 - 1721

**KUREYON OUKOKU NANATSU NO MORI**

© Kashiwa Fukunaga/Sakura Fukunaga, 2024
Illustration by Yukiko Miki.
All rights reserved.
Original Japanese edition published by KODANSHA LTD.
Publication rights for Simplified Chinese character edition arranged with KODANSHA LTD.
through KODANSHA BEIJING CULTURE LTD. Beijing, China

**图书在版编目(CIP)数据**

七座森林/(日)福永令三著;(日)三木由记子绘;
温桥译.—北京:人民文学出版社,2024
（蜡笔王国）
ISBN 978-7-02-018392-0

Ⅰ.①七… Ⅱ.①福… ②三… ③温… Ⅲ.①童话-
作品集-日本-现代 Ⅳ.①I313.88

中国国家版本馆 CIP 数据核字(2023)第 227218 号

责任编辑　李　娜　杨　芹
封面设计　李苗苗

出版发行　人民文学出版社
社　　址　北京市朝内大街 166 号
邮政编码　100705

印　　制　杭州钱江彩色印务有限公司
经　　销　全国新华书店等

字　　数　90 千字
开　　本　787 毫米×1092 毫米　1/32
印　　张　6.875
版　　次　2024 年 1 月北京第 1 版
印　　次　2024 年 1 月第 1 次印刷

书　　号　978-7-02-018392-0
定　　价　42.00 元

如有印装质量问题，请与本社图书销售中心调换。电话:010 - 65233595

# 目 录

# 1.
# 暑假作业？！

"好了，暑期安全的注意事项就讲到这里，"明子老师转身面朝黑板，背对大家继续说道，"接下来是同学们期待已久的……"

"作业啊。"健志叫了起来。

"作业就是这个，锵锵锵！"只见明子老师在黑板上画了一个圆圈。然后，她站在那里思考了片刻。教室里鸦雀无声，所有人都盯着黑板。从操场的悬铃木上清晰地传来了熊蝉此起彼伏的鸣叫声。

"我知道了。老师，你画的是柿子吧？"梳着两条长辫子的久子得意扬扬地说，"在柿子旁边再画上一只小鸟，那作业不就是默写①嘛。"

老师没有理会久子。她开始在圆圈里面画上一大堆小圆点。

"咦？这是橘子。橘子的作业是个什么东西？"

"笨蛋，这是梨啦！"皮肤黝黑、性格爽朗的晶太郎大叫了起来，"作业，没有②！"

这一下，教室里彻底炸开了锅。所有人都从座位上站起来，一边手舞足蹈一边大喊大叫：

"谢谢老师！"

"梦啊！千万不要醒啊！"

吉井明子老师有一个绰号，叫作大家闺秀。即使是在这种时候，她也没有点头或摇头，只是一脸微笑地看着大家。

暑假里没有作业，这可能吗？

---

① 在日语中，"柿子"和"鸟"的发音连在一起后，就变成了"默写"这个词。
② 在日语中，"梨"的发音和"没有"一样。

"嘘——"老师将双手举在身前，示意那些在下面喧哗吵闹的孩子安静下来。然后，她解释说："没有作业，没有《快乐暑假》①，没有练习题，没有个人的自由研究课题，没有海报制作，没有作文和日记。不过，就是有一样作业。"

"果然。"广子失落地说出了大家的心声。

"现在开始分发资料，每人两张。坐在最前排的同学过来拿一下。每人两张哦。"

等到越来越多的人拿到这份资料之后，教室里又变得嘈杂起来。

"这是什么啊？"

"要记住这首歌的歌词吗？"

"这不是让我们填空吗？"

只见纸上打印着以下内容：

———————

① 指类似中国小学生的《暑假生活》作业。

# 暑假之歌

## 收获 $\frac{1}{7}$ 的小小幸福


我最讨厌的日子是星期（　　）

为什么呢？为什么呢？因为啊

这一天有（　　）啊

如果没有（　　）的话

那么，幸福的日子又会增加一天

星期天、星期一、星期二、星期三、

星期四、星期五、星期六

将会多出 $\frac{1}{7}$ 的幸福入住我的心房

因此，在暑假里

学会不去在乎这个（　　）吧

学会搞定这个（　　）吧

创造出 $\frac{1}{7}$ 的幸福

"大家把一个星期里自己最讨厌的一天和讨厌的理

由写在括号里。"

"啊？现在就写吗？"

"对，现在。想好了之后再写。同样的答案写两份。一份贴在你们自己的房间里，还有一份交给老师。克服这个自己最讨厌的事情就是这次的暑假作业。"

"好奇怪的作业。"有人叫了起来。

"哪有！这个才称得上是正儿八经的作业。"

明子老师眯着眼睛，看起来似乎下一秒就要哭出来了。每当明子老师拼命地想要说些什么的时候，她的脸上就会露出这种表情。

"或许，大家以为只有数学应用题或汉字练习题才算得上是作业。但其实这个才是更重要的作业。找出自己讨厌的东西，然后思考自己为什么会讨厌它。最后，通过各种努力，将自己讨厌的东西变成喜欢的东西。这么一来，讨厌的东西慢慢地就没有了。比起做好算数练习题，我觉得这个作业对大家来说更有用，而且是终身受益的。所以啊，这个暑假结束的时候，希望大家都能够多收获七分之一的幸福哦。"

"可是，老师，我没有讨厌的日子。"映子说。

"没有也要硬想一个出来，"老师强硬地回应了映子，然后说，"先交上来的人可以先下课。"

一听到这句话，所有人都立刻变得认真起来。

"写完了！"

正广第一个跑到老师身边。这个少年脸上长着雀斑，一头浅色的头发，还有一对浅色的眼珠子。

"我看看，我看看。'我最讨厌的日子是星期三。为什么呢？为什么呢？因为啊，这一天有汉字练习题啊。'"老师把正广写的内容念了出来，"大家像这样子写就行了。正广同学，你可以回去了。"

"写好了。"晶太郎就像是三级跳似的蹦了过来。

"'我最讨厌的日子是星期三。为什么呢？为什么呢？因为啊，这一天会和星期四搞混啊。'什么？这是什么意思？"

"因为星期三和星期四很像啊①。在准备上课需要带的东西时，我经常会看错课程表。明明是星期三，却带了星期四需要的东西，然后就会被老师训一顿。"

"重新写。"老师把晶太郎的作业退了回去，"这可是和内心有关的问题。你要认真地去挑战自己讨厌的东西。"

"我讨厌牙医。这个可以吗？"千加跟隔壁桌的友里惠咬起了耳朵。

"你去看牙医有固定的日子吗？"

"嗯，是星期二。因为如果不选一个只有五节课的日子，就来不及去看牙医了。我这次看牙齿好像总共要花三个月的时间呢。"

原来，千加有六颗蛀牙，现在正在补牙。

"我讨厌星期四。"友里惠说，"我这人啊，很容易就会把整个房间弄得跟个垃圾回收站似的。然后，我

---

① 在日语中，星期三是"水曜日"，星期四是"木曜日"，"水"和"木"两个汉字看起来很像。

妈给我定了一个整理房间的日子。到了星期四下午五点，家里就会响起垃圾车播放的那个铃声。"

"什么？还有这种东西啊？"

"是八音盒啦。《少女的祈祷》，恰啦啦啦，"友里惠一边哼唱，一边说，"就是这首曲子。真是让人头大。"

说完，千加和友里惠一起来到了老师身边。此时，明子老师正拿着雄三郎提交的作业问："驱狗？这是要做什么？"

雄三郎在那里扭扭捏捏地笑了笑。

只见友里惠用所有人都能听到的大嗓门叫了起来："啊？你写了'驱狗'。你是要去抓野狗吗？"

"你应该不会是要把狗肉拿去卖掉吧？"千加瞪大了眼睛问。因为雄三郎家是开肉店的。

生性腼腆的雄三郎一下子变得满脸通红。

"你解释一下，好让老师也能看懂你写的东西。就一个'驱狗'，这也太奇怪了吧。"

"我……"雄三郎战战兢兢地回答，"我怕狗。店里每周休息的那一天，我爸就会带我去散步，然后对我说：'你去摸一下狗的脑袋。'"

"什么！"千加冒冒失失地说，"你们家可真够奇怪的。"

千加这个人哪，无论是狗、蛇，还是青蛙，只要看到活的东西，她就想要跑过去摸一摸。

"那你这个不叫'驱狗'，改成'适应狗'吧。"

"我这么写可以吗？"久子晃着两条辫子，将脸凑了过来。

"'星期五'。什么？你讨厌弹钢琴啊？"老师惊讶地问。久子可是整所学校里钢琴弹得最好的学生。

"其实也不是讨厌弹钢琴，是我的钢琴老师老拿我和姐姐比较，在那里挑我的刺，说什么'你姐姐弹得更好''弹得更认真'，弄得我现在连姐姐都不喜欢了。"

老师听完后，点了点头。这时，她的视线已经落在了站在一旁等候的茉里世提交的作业上。

只见那上面用一种圆滚滚的字体写着："我最讨厌的日子是星期天。为什么呢？为什么呢？因为啊，这一天我不得不撒谎啊。"

"为什么不得不撒谎呢，初间同学？"老师转过身问。

茉里世人如其名①，长得就像一个圆滚滚的豆沙包。

"从五月开始，电子琴培训班里来了一个叫饭田文子的女孩。我和她成了朋友。那个五街区的道口旁边不是有一幢门牌上写着'初间'的大房子嘛。饭田自作聪明地以为那就是我家。我呢，也在不知不觉中默认了这个误会。然后，她就问我，你们家那条牧羊犬叫什么名字呀？下次让我坐一下你们家那辆奔驰吧？我可以去你家玩吗？真是让人头疼。"

"原来是这样。毕竟，'初间'这个姓还是挺少见的。"

---

① 在日语中，"茉里世"的发音和"球啊"一样。

最后，晶太郎把重新写好的作业拿了过来。只见纸上写着："我最讨厌的日子是星期六。为什么呢？因为啊，这一天我必须吃爸爸钓回来的鱼啊。"

"我不喜欢那些带刺的鱼。我爸老是去河里钓鱼，什么香鱼、红点鲑、虹鳟、平颌鱲（liè）、暗色沙塘鳢，全都是些奇奇怪怪的鱼，还硬逼着我吃。"

"明白了。好了，已经交了的人可以回去了，"说完，老师又扯着嗓子喊了一声，"接下来还有课外兴趣小组活动的同学可别忘了去参加哦。"

# 2.
# 万岁！自然观察俱乐部

在学校的课外兴趣小组中，自然观察俱乐部的活动场地就在一年级三班的教室里。茉里世、千加、友里惠和久子走进来时，四年级和五年级的俱乐部成员已经到了。大家正在等待他们这几个六年级的成员。不一会儿，晶太郎、雄三郎和正广这三个男生也出现了。这么一来，所有人都到齐了。

久子是俱乐部的部长。她正要去叫俱乐部的顾问老师（提供建议的老师）杉山老师。

去年春天，杉山老师从隔壁镇子转到这所学校，成了茉里世他们五年级一班的班主任。这个自然观察俱乐部就是杉山老师带领组建的。只是早在四年级的第二个学期，大家都已经决定了自己要参加的俱乐部。因此，当时只有杉山老师的五年级一班有几个学生放弃了原来的俱乐部，转而加入了自然观察俱乐部。而且，转过来的基本上都是一些喜欢杉山老师的孩子。

杉山老师年近六十，是一位相当知名的蜡笔画家。他虽然秃了顶，但是腰板挺得直直的，永远都是一副昂首挺胸的模样。如果杉山老师能再长高一点儿就好了，可惜，他是一个身高不足一米六的小个子。

"捡东西的时候，还是小个子比较方便。"

这句话是杉山老师的口头禅。只要一有时间，他就喜欢带着学生们去山间野外徒步。在徒步的时候，杉山老师还会唱一首很奇怪的歌曲。这首歌的曲调就像是专门为五音不全的人量身打造的一样，普通人听

了之后根本记不住。

不过，一旦涉及和大自然有关的东西，无论是花鸟，还是昆虫或星座，就没有杉山老师不知道的。每次和老师一起在山野里徒步时，孩子们都会高兴得像是来到了一个全新的世界，就连空气的味道和阳光的颜色都给人一种焕然一新的感觉。

杉山老师受学生欢迎还有另外一个原因。那就是他会给大家制作精美的徽章、别针和奖牌。老师的弟弟经营着一家大型奖牌制作店。杉山老师会让弟弟帮忙制造自己设计的徽章。心血来潮时，他会毫无理由地把这些徽章送给学生们。

这一天，杉山老师比久子早一步走进了教室。他说："有两个好消息。不对，是一个。虽然是一个消息，不过也可以说是两个。"

孩子们一听，全都恢复了平常面对杉山老师时那种没大没小的态度。

友里惠率先喊了起来："到底是一个还是两个啊？

说清楚嘛。"

接着，千加也叫了起来："比起两个，我觉得还是三个消息更好一些呢。"

"由六年级的同学们汇总的《七个植物的研究》获得了新日本新闻社举办的'守护绿色运动'论文竞赛的优秀奖。"

"哇!"

"成功了。"

六年级的学生们全都露出了一副自信骄傲的表情。四五年级的孩子们则在那里"啪啪啪"地鼓掌祝贺。

"这是一个好消息。"

"那还有一个呢?"晶太郎问。

"获奖之后，我们会得到十万日元的奖金。关于这笔钱应该怎么用，老师心里已经有了安排。不过，这个等一下再说。另一个好消息是……"

"果然，好消息不是有三个嘛。"千加说。

"这个是最好的消息。等我们获奖的消息登报之后，妙法寺的厚朴树和玉泽川的细柱柳没准儿就有救了。"

"太好了！"大家再次鼓起了掌。

去年自然观察俱乐部成立之初，现在的这几名六年级成员就各自定好了主题，分别对市里七个比较有特色的植物展开观察活动。按照杉山老师此次投给新日本新闻社"守护绿色运动"论文竞赛的稿子顺序，这些论文的题目分别是：《大红叶枫：从红叶到落叶》（青木晶太郎）、《山茶叶的寿命》（佐治雄三郎）、《细柱柳和水温、气温》（大川友里惠）、《橡子是如何形成的》（川西千加）、《厚朴树和四季光照》（北崎久子）、《被绣球花吸引的昆虫》（木内正广）、《仙人掌科植物昙花的开花情况》（初间茉里世）。当时杉山老师挑选了这七个植物作为观察对象，并且干劲十足地筹划着：只要今里小学自然观察俱乐部一天不关门，这项观察活动就要一直持续下去，持续个几十年也没问题。可是，还不到一年半的时间，作为观察对象的七个植物中就有两个遭遇了危机。一个是友里惠负责研究的玉泽川岸边的细柱柳。县里要开展堤防工程，准备在玉泽川两岸打造一圈混凝土防护堤。还有一个是妙法寺内的巨型厚朴树。为了扩建停车场，寺院方面计划砍掉这棵树。此外，千加负责调查的那棵麻栎树刚好位于一家旅馆的地皮上，而那家旅馆现在正处于待售状态。要说处境安全的植物，那就只有种在学校操场上的大红叶枫和车站站台上的仙人掌了。其他那些植物的生死存亡全都在拥有者的一念之间。

"话说回来，关于那十万日元怎么使用，"杉山老师一边环视大家的脸，一边说，"我准备采购一些露营的必需品，就当是俱乐部的用品吧。比如，铝质饭盒、毛毯、手电筒、睡袋、浮游生物网、观察野鸟时用的伪装网、望远镜、远距照相机……总之，想买的东西很多。不过，哪些东西是目前最需要或必须要的，得等我们去实地露营了之后才能知道。为了奖励六年级的几位同学，我决定从七月三十日开始，带他们去伊豆天城的森林里进行为期十天的集训。"

老师的话音刚落，整个教室简直就变成了一锅沸腾的开水。

"好消息不是有四个嘛!"千加边说边跳了起来。

"老师! 试胆游戏，到时候我们玩试胆游戏吧!"久子用双手在嘴边围成喇叭状，在那里大声嚷嚷了起来。

"喂! 你们能不能安静一点儿!"一个叫矶修的学生从隔壁教室跑了过来，在那里大骂道，"你们太吵了! 打扰到我们了! 你们这是在扰邻!"

"说得对! 大家太吵了，扰邻了，"杉山老师在一旁附和道，等大家稍微安静了一些后，他接着说，"老师在美术学校读书的时候，有一个朋友叫岩下如月。他现在是一位日本画大师，以后迟早会拿个文化勋章什么的。我们应该拥有的，就是这种厉害的朋友。这个人愿意把自己的登山小屋借我们住十天。所以，虽然说是露营，但其实不用搭帐篷。那里有水井，常用的厨具也一应俱全。不过，没有电灯。那里还处于煤油灯时代。"

"那电视呢？"正广问。

"你刚才没有听老师说吗？那里没有电灯！"久子训了正广一句。

正广终于听懂了。为了证明这一点，他又补充了一句："那驱蚊器带过去也没什么用了。"

"总之，那里就是一片深山老林。登山小屋周围三公里之内没有别的房子。据说，走那条森林小道一般得坐吉普车。"

"吉普车！真好啊！"四年级的学生羡慕地说，"老师，你会开吉普车吗？"

"不会。所以，我们只能走着去了。"

"什么啊！"

"走路要花多长时间？"

"大概四五个小时吧。"杉山老师一脸轻松地回答。

友里惠"啊"地叫了一声，小脑袋有气无力地垂了下来。不过，大家平时在进行自然观察活动时，早就习惯了三个小时的徒步训练。因此，没有人真的为老师刚才那句话感到失望。

"二十八日之前，大家把自己的行李拿到老师家里来。我们统一运过去。板仓老师会开吉普车帮忙运行李。这样我们两手空空，走起路来也就轻松了。接下来，大家把我们应该带过去的东西说一下，什么都可以。老师会写在黑板上。"

"大米，茶，饭碗。"茉里世说。

"味噌，火柴，铝箔纸。"久子说。

"捕鱼网。"友里惠说。

"我们去的可是山里，没有鱼哦。"老师笑着说。

"捕虫网，昆虫笼，笔形电筒，香皂，眼药水，拔刺用的镊子，创可贴。"千加说。

"小刀，勺子，叉子，水桶，蚊香。"正广说。

老师不断地把学生们说的东西写在黑板上，同时还让大家抄在各自的笔记本里。

"橡胶人字拖，固体燃料，拉面之类的。"雄三郎小声地说。

老师想起雄三郎家是卖肉的，于是吩咐他说："啊，你多带点儿火腿啊培根之类的过来，还有咖喱块。"

"然后，还有那份暑假作业。"晶太郎说。

"妖怪装扮道具绝对不能忘了带。"久子叫道。

"还有图鉴。"正广的话音刚落，大家就哄堂大笑了起来："果然，又是这个。"原来，正广的外号就叫图鉴小子。

"老师，那里真的没有什么地方可以捕鱼吗？"友里惠再次确认了一遍。她最喜欢在河边捕鱼。在对玉泽川岸边的细柱柳进行观察的一年里，有一半以上的时间，友里惠都在河边玩耍，一会儿钓钓鲫鱼，一会儿抓抓小龙虾。

"就算没有小河，水池什么的也可以啊。"

老师没有搭理友里惠。他在黑板上加了几样东西：

锯子，绳索，斧子。

"大家听好了，做饭的时候，要先砍树，然后用斧子劈柴，最后再拿来烧火。如果有人带着游山玩水的心情去，到时候可是要哭鼻子的。听懂了吗？"

"听懂了！"大家兴高采烈地一起喊了出来。

# 3.
# 森林的夜晚与煤油灯

　　"那些是连香树、五角枫和疏花鹅耳枥。看，那个是日本辛夷，还有日本四照花、厚朴树。这里简直就是蜡笔王国。"

　　脚下是一条狭窄的林间小道，两旁长满了各种绿树。一脸满足的杉山老师正在一边走，一边把树木的名字一一告诉大家。

　　"锦带花，接骨木，藤绣球，看，那里的日本铁线莲开花了。那个是松田氏荚蒾。哎呀，这里简直就是蜡笔王国。"

"这里简直就是蜡笔王国"是杉山老师的口头禅。每当他看到美丽的风景或漂亮的颜色时，就会把这句话当作感叹句来使用。另外，在上美工课的时候，老师会用"这一部分是蜡笔王国"这句话来表扬孩子们画的作品。

"你们看这片绿色，不知道这里面有多少种植物。笼统地说，有多少种树，就会有多少种颜色。因为，像你们这样年轻的嫩叶子和像我这样快要退休的老叶子，颜色是不一样的。还有啊，这座森林里的气味有一种让人说不上来的感觉。你们深呼吸一下看看。这个叫作芬多精，是森林里的树木释放出来的一种物质。据说，芬多精有两千多种。芬多精对人体有益。你们想啊，人们从很早以前就开始用树叶来包裹樱饼、柏饼等糕点了。这是因为树叶具有杀菌作用。另外，我们还会用菖蒲叶、柚子叶来泡澡，对吧?"

杉山老师兴致昂扬地说个不停，可是孩子们有些走累了。七个孩子中走在最前面的和最后面的已经拉开了二十米的距离。久子和茉里世这对好朋友走在了队伍的最末尾，晶太郎和雄三郎就走在她们前面。

"阿久，你剪头发了吧？"茉里世看着短头发的久子问。

"人家一个人不会编辫子啦，再说头发长了，洗头也很麻烦。怎么样？看起来很奇怪吗？"

"对，非常奇怪。"晶太郎大叫了起来。趁着久子还没来得及出手打他，晶太郎就赶紧撒腿跑了。

最后，四个人全都追上了杉山老师。

"为什么人在森林里会产生这么舒服的感觉呢？"千加问。

"因为森林里都是绿色，人肯定会觉得舒服啊。"雄三郎在那里乱扯了一通。

"这是因为先有了植物制造的世界，然后动物才出现的。往大了说，植物和动物的关系就像妈妈和孩子一样，"杉山老师解释说，"大家不也是这样吗？有妈妈在身边的时候，心情就会自然而然地平静下来，会觉得很安心，对吧？绿色让人感到心情舒畅，那是因为植物会给动物一种像是被妈妈抱在怀里的感觉。"

这时候，走在队伍最前面的正广忽然"吧嗒吧嗒"地跑了起来。

"虎甲虫！啊，是铜翅虎甲吗？"有一只小昆虫从正广脚边飞了起来。正广一边追着这只虫子，一边下意识地喊道："老师，我看到虎甲虫或者铜翅虎甲了！"

因为大家都已经走累了，所以没有人跟着正广去追虫子。

只见正广把帽子朝虫子的方向扔了出去，然后蹲下来捡起掉在地上的帽子，接着又重新往前跑，再次将帽子丢了出去。友里惠远远地望着正广的身影说："应该没有哪只虫子会笨到被那个图鉴小子抓住吧。"

"虫子说：啊，这个令人讨厌的① 臭小子。"千加在那里半开玩笑地调侃道。这个时候，正广已经放弃继

---

① 在日语中，"图鉴"的发音和"令人讨厌的"的发音很相似。

续追逐虫子，正站在原地等着大家过去。

"快点儿把虫子拿出来瞧瞧。"千加对正广说。

"你该不会让虫子飞走了吧?"友里惠问。

正广没有回答，只是在那里若有所思地嘟囔了一句："是虎甲虫，还是铜翅虎甲呢?"

杉山老师可能刚好觉得这一带适合大家驻足休息，于是他对正广说："有疑问的话，就要立刻拿出图鉴来查一查。"说完，老师便"扑通"一声一屁股坐在了旁边一块圆圆的石头上。

正广放下背包，拿出了一本《昆虫图鉴》。友里惠和千加也靠过来一起看了起来。

"是哪只虫子?"

"哪个是虎甲虫?"

虎甲虫是一种颜色很漂亮的昆虫，全身散发着红色、蓝色、绿色的艳丽光泽。

"什么! 刚才那只虫子是这个样子的?"

"对，没错。"

"那——哪个是铜翅虎甲？"千加问。

正广没有回答。不过，友里惠很快就从图鉴里找出了一只相貌平平、通身漆黑的甲虫，说："这里写着铜翅虎甲。"

看到一脸尴尬的正广，千加马上毫不客气地说："虽然这个事也不值得拿出来说，不过啊，这人一开始不是说什么'是虎甲虫，还是铜翅虎甲呢'么？虎甲虫和铜翅虎甲长得一个天上一个地下，不是吗？根本就没有什么相似的地方！什么图鉴小子？不出我所料，喂，你不要不懂装懂啊。"

久子和茉里世也加入进来，大家狠狠地说了正广一通。

"你也太会耍小聪明了吧？还说什么'是虎甲虫，还是铜翅虎甲呢'，装模作样可不行哦。你根本就是个门外汉嘛。"

自然观察俱乐部的部长是久子，副部长是千加。由此可见，这个俱乐部完全就是一个阴盛阳衰的地方。

四个女孩子不仅个子高，长得也很可爱。可是，三个男孩子全都是矮冬瓜。学校举办运动会跑步比赛时，他们参加的是身高最矮的最后那一组。

"好了！出发！"杉山老师喊了一声。

脚下的山路越走越窄。一股两三米宽的山间泉水沿着红褐色的泥沙地流淌下来。前方出现了两道明显的吉普车的轮胎印。

接着，大家开始爬坡。这是一段极其陡峭的上坡路。所有人的脸上都滚下了一颗颗硕大的汗珠，简直就是挥汗如雨。突然，有一阵凉风拂过脸庞。

布谷鸟在那里叫个不停。

当脚下的这条山路变成一段宽敞的平路时，耳边传来了杉山老师的声音："到了！"

眼前出现了一幅梦境般的山色图。在一片绿色的森林之中，耸立着一座美丽的木屋。木屋一共有两层，外墙涂着白漆，顶上是一个带烟囱的灰色三角形大屋顶。

"哇！是这里吗？老师，真的吗？"大家激动地叫了起来。

因为之前老师说的是"登山小屋"，所以大家都以为是那种简陋的库房或像仓库一样的地方。

"真好，真好。"友里惠和茉里世异口同声地说。

"我喜欢这种房子。不是有那种画着圣诞老人从烟囱爬进去的画吗？这个房子和那种画上的很像。"

"圣诞蛋糕上就有这种房子造型的装饰。"

"没错，没错，是用威化饼干做的。我舍不得吃，还把它放起来了。"

这时，年轻的板仓老师顶着一头黑发，上身套着一件圆领 T 恤从房子里走了出来。

"大家辛苦了。我正在烧洗澡水，很快就可以用了，杉山老师。"

"你这是溺爱，溺爱！烧洗澡水这种事必须让孩子们自己做才行。"杉山老师大声埋怨道。

"我一开始也是这么想的，可是，我猜大家今天应

该都已经走累了吧。"

木屋的大门上挂着一个门匾，上面写着"青岚舍"三个字。门匾下面的大门旁边安装着一个金色铃铛。杉山老师拿起铃铛掂了掂重量，发现竟然还挺沉的。一摇晃，铃铛便马上发出了"丁零零"的声响。

"这是瑞士那种挂在牛脖子上的颈铃。"

走进房子后，眼前便出现了一座通往二楼的楼梯。板仓老师向杉山老师介绍道："楼上很宽敞，好像是一间画室。大家就在楼上睡吧。一楼是吃饭的地方，还有厕所、浴室、厨房和一个小房间。我暂时把行李放在那个小房间里了。穿过这条走廊，后面是一片空地，那里放着一大堆柴火。"

走廊和地面全都铺着木地板。这些锃光瓦亮的木地板散发出玳瑁宝石般的米黄色光泽。

"你们可不能把这里给弄脏了啊，"杉山老师环视着大家的脸说，"这里和高级酒店差不多。好了，我们去二楼看看吧。"

二楼的景色才真是妙不可言。那里被设计成一间画室，采用了那种硕大的单块窗玻璃。尤其是南面的窗玻璃直抵天花板。到了晚上，大家可以平躺在地板上数星星。在这里，大家能够清晰地感受到，这幢房子正被森林的绿色波涛层层包围着。房间的角落里放着一张床。

"这张床给杉山老师用。剩下的七个孩子，地板应该躺得下吧?"

从整个房间的大小来看，睡这几个人可以说是绰绰有余。

"板仓老师睡在哪里?"

"楼下还有一张床。好了，趁天还没暗，大家把行李打开，选好自己睡觉的位置。"

孩子们一听，便立刻像七只小家鼠一样在木屋里窜来窜去。虽然大家来之前都做好了心理准备，不过这里似乎并没有什么不方便的地方。

比如说，用水问题。尽管杉山老师之前说，需要用吊桶将水从井里打上来，把水倒入水桶之后再拎回来。可是，厕所、厨房这些地方到处都有水龙头。只要一拧开水龙头，不就有水流出来吗？那口带按压式抽水泵的水井就是这个房子的水源。汲上来的水通过水管流入一个大型水箱。要想将这个水箱灌满，需要有人花三十分钟左右的时间，在那里"咯吱咯吱"地按压抽水泵。不过，如果七个人分工的话，那么这个抽水工作也就变成了一项人均四分钟的小运动而已。如此一来，泡澡的水可以烧了，衣服可以洗了，一整天的用水也都准备妥当了。

在屋后的那片空地上，柴火堆积如山。屋檐下甚至还有煤炭。为了让孩子们看一看煤炭的模样，杉山老师把大家叫到了跟前。

"哎呀，这就是煤炭啊？"

"好漂亮，正在发光呢。"

这时，正广叫了一声："啊！有蟋蟀。"大家立刻开始在煤炭堆里翻找起来，准备抓住那些蹦蹦跳跳的黑色小虫子。

这个煤炭箱子难道是一个蟋蟀窝吗？只见源源不断地有蟋蟀从里面蹦跳出来。

"是迷卡斗蟋，还是农田蟋蟀呢？"一听到正广的嘀咕声，大家便异口同声地喊了一句："又来了。"

打扫结束后，大家开始休息。孩子们被分成三组，每组都有二十分钟的泡澡时间。

"喂，水温不够，再烧热一点儿！"久子朝着外面喊道。

和久子一起在里面泡澡的茉里世一听，便立刻尖叫了起来："她乱说的。人都快要被煮熟了！"

房子照不到阳光之后，连风都变得凉快了起来。

"好了，准备做饭！"

板仓老师正在用一口大土锅烧饭。杉山老师先将雄三郎带来的咖喱块融化，然后把炒好的猪肉、土豆、胡萝卜、洋葱全都丢了进去。

如果不抓紧时间做饭，大家就要点着煤油灯吃饭了。

"从明天开始，所有人轮流干活。做饭、洗衣服、扫地、烧泡澡水。其他还有什么？"

"老师，试胆游戏，玩吗？"久子又问了一次。

杉山老师没有回答久子。他正在一刻不停地把香喷喷的咖喱浇在米饭上。

"老师，我爸说，还有瓶装生姜。"雄三郎说。

"荞头呢？"晶太郎问。

"没带，因为我讨厌荞头。"雄三郎回答。

大家正在"吧唧吧唧"地吃着热气腾腾的咖喱饭。听到雄三郎的话之后，所有人都笑了起来。

呼着气吃完热乎乎的咖喱饭，再喝上一杯清凉的井水，那个滋味真是妙不可言。

"好了，把桌子收拾一下，你们开始写作业吧。"杉山老师说。大家听了之后，只是在那里面面相觑，谁也没有说话。

"你们把作业带来了吧，天色暗下来之后，可就没法写字了。"

"老师，这个作业和那种需要写字的作业不一样。"

在茉里世向杉山老师解释作业内容的时候，友里惠把自己的那份作业资料拿了出来。老师一边认真地看资料，一边说："嗯，这是一个好作业，嗯。"

杉山老师不停地点头感叹，最后点评了一句："这个作业真不错。能够出这样的题目，说明那位老师也不简单。"

"出题目的没什么了不起，"千加说，"做题目的人才辛苦呢。"

四周渐渐地暗沉了下来。整座森林呈现出一片藏青色。大家的脸也变得朦胧起来。

"现在是森林的黄昏时刻。多美的颜色啊！这里果然就是蜡笔王国。"

"给蜡笔王国点上煤油灯吧，点起来吧。"

煤油灯的亮光将大家原本黑黢黢的脸庞映照成了红色。

"好亮，好亮。好好玩。"

"老师以前就在这种煤油灯下通宵干过'夜锅'呢。"

"干夜锅，真好啊，"晶太郎嚷了起来，"我们也干吧，我们也干吧。"

"可是，我已经吃不下了。"雄三郎有些坐立不安地说。

"这家伙，到底听懂了没有？"杉山老师在那里嘀咕了一句，然后说，"我们没准备夜锅的东西。材料也没有。"

"不是啊，把那些胡萝卜啊、白萝卜啊、圆筒鱼糕啊扔进去煮一煮不就可以了吗？"雄三郎回答。

"你果然没听懂。"茉里世说。

"才不是呢。我刚刚是在和大家开玩笑的。"雄三郎拼命地为自己辩解。

"那你说说看，夜锅是什么意思？"

被正广这么一追问，雄三郎索性不管三七二十一地乱答了一通："不就是夜宵的意思吗？半夜里吃点儿东西的意思。"

大家一听，全都哄堂大笑了起来。为了掩饰其实自己也不知道夜锅的意思，千加故意笑得特别夸张。

"日语里'夜锅'的意思是，在晚上干活。比如，编编绳子、席子之类的。"老师解释说。

"我一点儿也不想干这样的活儿。"晶太郎说。

"那大家就去二楼准备睡觉吧？"

"可这才刚刚过了七点啊。"友里惠说。不过，大家也不能这么无所事事地干坐着。

于是，孩子们全都上了二楼，各自铺起了毛毯。每个人有三条毛毯。一般都是下面垫两条，身上盖一条。不过，茉里世特别怕冷，所以她准备拿两条毛毯盖在身上。

"这里好像没有蚊子。"

"板仓老师今天干劲儿过猛，一下子就把洗澡水给烧好了。托他的福，大家无事可做了。"杉山老师在那里自言自语地嘟哝了一句，然后他问："大家平时这个时候都在干什么？"

"在看电视。"大家回答。

"没了电视，时间一下子多了很多，不是吗？"

"啊，有猫在叫。"久子说。

大家一听，全都安静了下来。这时，从森林里传来了一阵细微的"喵喵喵"的叫声。

"那是什么？是野猫吗？"

"好吓人。"

"那是红翅绿鸠。"杉山老师一边说，一边竖起了耳朵。

"老师，我们明天玩试胆游戏吗？"久子依然不死心地问。

"玩，玩。"老师无奈地同意了久子的提议。

"不要，我会被吓哭的，"茉里世对久子说，"厕所在楼下呢。我去厕所的时候，会把你叫醒的。到时候，你要陪我一起去。"

"对，到时候，我也要叫醒你，让你陪我一起去。"

"嗒，嗒，嗒，嗒，嗒。"此时，窗外传来了夜鹰富有节奏的鸣叫声。

# 4.
# 试胆游戏

　　此时，屋外仍然是一片藏青色的夜空。不过，耳边已经响起了小鸟们的叫声。

　　那是冬鹪鹩（jiāo liáo）和远东山雀的声音。接着，日本歌鸲也加了进来。乌灰鸫开始"唧啾、唧啾"地叫了起来。

　　"啾嘟，啾嘟。"这是赤胸鸫的叫声。

　　杉山老师一下子从床上坐了起来。一看闹钟，现在是凌晨四点，离六点的起床时间还有两个小时。

　　杉山老师准备利用这两个小时的时间去森林里散

散步，制定今天的行程计划。于是，他蹑手蹑脚地走下楼梯，来到了屋外。

没过多久，藏青色的天空开始出现微弱的亮光。

杉山老师仰头一看，发现空中有四颗星星排成了一个矩形。

"那是飞马座啊。"

这黎明时分的星空看起来就和寒假夜晚时看到的一样：仙后座清晰可见；天鹅座，也就是北十字星正在朝着西边移动。

"嘎——嘎——哇——"

这是夜鹭的叫声。习惯夜间出行的夜鹭正在归巢的途中。

"看来这片森林里应该有小河或池塘之类的地方。"杉山老师轻轻地说了一句。因为夜鹭的主要食物就是鱼。

附近响起了白腹蓝鹟的叫声。此时，天色已经亮到可以清楚地看见遮住白腹蓝鹟的红脉槭的五角形叶子了。

杉山老师一边踩着树下那些被露水打湿的野草，一边漫无目的地在那里走来走去。

"试胆游戏怎么办呢?"他自言自语地说。

虽然昨天晚上和久子约好今天要玩试胆游戏，可是杉山老师提不起兴趣。他在之前那所学校工作的时候，有一个女生在玩试胆游戏时晕倒了，随后便出现了癫痫症状。那个女生的爸爸气得和学校打起了官司，说全是试胆游戏害的。

"故意吓人确实不太好。"

杉山老师从一棵年轻的天仙果树的树干上抓起了一个白色泡沫。然后，他一边用手指从泡沫里搓捏出一只小沫蝉，一边想：在这种森林里进行定向运动，其实就和试胆游戏的效果差不多。

杉山老师顺着野生动物踩出来的一条林间小径，走到了另一条人工添加了黑土的道路上。他在那里确认了一下自己的位置。

左下方的视野里出现了许多新鲜的嫩叶，叶缝之间露出了木屋泛白的屋顶。接着，杉山老师望向了反方向的那一片森林。

那些树木下端长着稀稀疏疏的树枝。大概是因为树木前面是一片往下走的斜坡吧。

直觉告诉他，那里肯定有一个池塘或水池，总之，有一处小鸟们喝水的地方。

杉山老师小心翼翼地朝着那个方向走了过去。为了防止迷路，他再次确认了一下周围的环境。

在树木下端的树枝之间，有一块空白处看起来就像是某种图案。

"哎呀，那是狮子的形状。那里是嘴巴，那里是脑袋，垂挂下来的鬃毛非常形象，那棵树的中间是狮子的前脚。嗯——真像啊！"

一个试胆定向运动的计划瞬间在杉山老师的脑海里成形了。

他踩着一些低矮的复叶耳蕨和顶蕊三角咪，走到了那个像狮子鬃毛的地方。脚下的路忽然从那里开始往山下延伸。道路的右侧有一棵巨大的野漆树。

"把奖品挂在这棵树上就行了。"老师嘟囔了一句。

这时，他心里已经决定要使用套圈游戏的那种塑料套圈了。杉山老师很喜欢玩套圈游戏。为了防止孩子们在下雨天时感到无聊，他特意在行李箱中放了套圈游戏的道具。

杉山老师心想：套圈刚好有七种颜色，可以在塑料套圈上系上丝带，再把徽章固定在丝带上。

孩子们的自然研究课题获奖之后，杉山老师就想要送大家一份纪念品。于是，他赶紧定制了七枚用七宝烧①工艺烧制的徽章。这些徽章的形状分别是大红叶枫、绣球花、柳叶、橡子、仙人掌、山茶花和厚朴树叶。杉山老师原本计划在木屋生活的最后一天，亲

① 七宝烧是一种将金属坯体和瓷釉加工成金属珐琅器的烧制工艺。

手将这些徽章送给孩子们。不过，他现在改变主意了。他准备在这场试胆游戏中，将徽章和塑料套圈绑在一起，让大家高兴高兴。

清晨六点，孩子们在门口的铃铛声中睁开了眼睛。他们先用清凉的井水洗了脸，然后来到了吃饭的地方。这时，他们发现墙上贴着一大张纸，上面是杉山老师用黑墨汁写的字。

---

**试胆定向运动**

在白狮的鬃毛下面，有七种颜色的项圈，每个人把属于自己的那个项圈拿回来。

如果错拿了别人的项圈，就会失去比赛资格。

一定要单独行动，绝不能泄露秘密。

---

"这是什么？"久子问。

"老师，这是什么意思？"友里惠说，"我脑子笨，如果没人解释给我听，我就什么也弄不明白。"

于是，杉山老师简单地向大家解释了一下："你们应该知道，老师很擅长玩套圈游戏吧。我把那些塑料套圈藏在了森林里。这次试胆定向运动就是让你们去把这些塑料套圈找回来。"

"狮子是指什么？"晶太郎问。

"这是帮大家找到那个秘密场所的一个提示。"

吃完早饭后，孩子们便带着饭团，在杉山老师的带领下，前往森林深处探险去了。因为如果不事先熟悉一下森林的地形，那就真的会迷失方向。

孩子们在地上踩出了好几条新的小路。他们把大张贴纸粘在一些显眼的树干上，然后用油性笔在贴纸上写下自己刚想好的地名。这些地名全都和附近的环境或在那里发生的事情有关。比如，"倒下来的树木之谷""滑倒町一街区""不会滑倒坡""小便巷""灰胸竹鸡小路"。

看到地上的水坑里聚集着许多水黾（mǐn）时，

孩子们就给这个地方取名为"水黾银座"。大家一起打开便当吃饭的地方是"美味广场"。而那个原先准备用来吃便当的地方则被命名为"正在筹备营业的广场"。

另一边，留在木屋里的板仓老师此刻正拿着一把小刀，准备把一块日本常绿橡树的木头削成狮子脚印的形状。

"做成那种大的猫爪形状就可以了吧。"他自言自语地说。

板仓老师眼前浮现出自己在出租屋里养的家猫小皮留在走廊里的那些足迹，手中那把钝钝的小刀弄得他满头大汗。

接下来，板仓老师要去那棵挂着七种颜色的塑料套圈的野漆树附近，在地上印一大堆狮子的脚印。这么一来，即使孩子们不知道"白狮"的意思，他们也能凭脚印判断出那里就是自己正在寻找的目的地。另外，能够在森林深处发现大型野兽的脚印，这本身也会给孩子们带来一种惊险刺激的感觉。独自一人去追逐这些脚印，这难道不就是一项试胆游戏吗？

# 5.
# 山茶林的二不像

　　"白狮的鬃毛？那肯定是狮子形状的小石块或岩石什么的。我得先找到这个。"

　　雄三郎一边走一边环顾四周，嘴里还在小声地自言自语。

　　现在，他正独自徘徊在一条林间小道上。这和昨天大家一起笑着、闹着走过这条小路时的感觉完全不同，虽然从叶缝倾泻下来的阳光和昨天并没有什么两样，橘黄色的蘑菇也还长在原来那个地方，但是，四周空气里似乎隐藏着某种恶意，透露出一种自命不凡的气息。

粗壮的灰色树干并排而立，看起来就像是一个个魔法师的化身。树梢上仿佛长着人脸。有一些可怕的东西正躲藏在那些垂挂下来的粗藤蔓背后蓄势待发。它们用一种人类听不见的语言在那里悄声商量。为了稍后能够给雄三郎带去一记痛击，这些东西决定暂时偃旗息鼓，按兵不动。

"嘎——嘎——"

有鸟儿在叫。

"是松鸦。"

在七个孩子当中，两个负责做饭，两个负责烧泡澡水，两个负责洗衣服，那么就会多出一个人。这个人要利用上午三个小时的时间来挑战这项定向运动。按照游戏规定，在此期间，其他孩子不准离开木屋。雄三郎就是这场定向运动的首发队员。

"是松鸦，果然是松鸦。"

有两只大鸟的剪影从雄三郎眼前掠过，在空中画出了两道平缓的弧线。

可能是养过虎皮鹦鹉的缘故，雄三郎对野鸟观察和野外观鸟活动充满了憧憬。因此，他才会加入这个自然观察俱乐部。在过去的一年时间里，他看过的野鸟种类已经多达七十种。其中，他还见过山鹡鸰。这种鸟儿非常罕见，就连杉山老师都没有亲眼见过。

雄三郎平时还会通过磁带来聆听鸟叫声。因此，即使是一些从未见过的鸟儿，他也已经记住了它们的声音。

比起其他几个孩子，雄三郎更熟悉森林这种环境。而且，他并不像他爸爸以为的那么胆小懦弱。虽然雄三郎身材瘦小，但他的运动神经十分发达。每次举办年级之间的对抗接力赛时，他都会入选。

去年，雄三郎在家里举办生日会，雄三郎的爸爸不经意间听到那些拿着礼物过来庆生的孩子叫自己的儿子"雄三郎"。虽然这个叫法本身并没有什么问题，但雄三郎叫对方都是"吉田君"或"小圭"，而对方却直呼他为"雄三郎"。

这件事令雄三郎的爸爸陷入了沉思：儿子是不是不够独立，胆子太小了？因此，同学们才会小瞧他、轻视他。当时，爸爸的脑海中浮现出雄三郎被狗吓得四处乱窜的样子。雄三郎在上幼儿园的时候，曾经被隔壁邻居家的狗咬过。这件事给雄三郎带来的心理阴影至今没有消失。即使他现在已经是一名小学六年级的学生，但是，如果在路上看到小狗，雄三郎还是会绕道回家。当爸爸听说了这件事之后，便坚定地认为，只能先通过克服怕狗的心理来纠正儿子这种懦弱的性子。

雄三郎的妈妈也曾在《家校联系手册》上写过这件事。于是，班主任明子老师就在《年级通讯》中，以《好朋友之间也应该保持礼貌》为题，写了这么一段话：大家在称呼男孩子时，要在名字后面加上"君"；在称呼女孩子时，要在名字后面加上"桑"。①

①  这是日本比较正式的礼节性称呼。

可是，孩子们还是不带任何称呼后缀地直接叫他"雄三郎"。

"啊，啊，啊。"

"吼——吼——吼——"

附近响起了一串尾声上扬的嘹亮的鸟叫声。

雄三郎仰着身子，抬头望向了一根树枝。

有小果子从树上纷纷掉落，都是一些已经红得发紫的樱桃。

雄三郎心想，刚才那个确实就是紫寿带鸟的叫声。他一直很想亲眼看看这种鸟。

紫寿带鸟是一种尾巴长达三十厘米的小鸟，脸部呈蓝紫色，背部为红褐色。雄三郎对这种被称为"日本极乐鸟"的鹟科鸟类非常憧憬。同时，紫寿带鸟也是静冈县的县鸟。因此，这次来到伊豆天城的森林里露营，雄三郎最期待的就是能够遇见这种美丽的小鸟。

"吼——吼——吼——咕——"

雄三郎仰起头，心无旁骛地朝着鸟叫声的方向追了过去。他一边用脚上那双新买的帆布鞋的橡胶底感受松软潮湿的落叶，一边轻手轻脚地往前走，心里却急得恨不能直接飞过去。等雄三郎回过神来，他发现自己已经走进了一片昏暗的绿色山谷之中。那里长满了山茶花。那道"吼——吼——吼——"的鸟叫声不知什么时候已经消失了。四周一片寂静。

雄三郎心想：再不往回走的话，我就要迷路了。

就在这个时候，有一道鸟影斜穿过几米外的林子，一下子跳进了左边的灌木丛里。

雄三郎感觉自己的心脏正在怦怦直跳。

那是一片山茶树丛，就连靠近地面的枝丫都长得十分茂盛。"啪、啪、啪。"从树丛背后传来了一阵鸟儿拍打翅膀的声音。它是在追虫子吗？这只鸟儿似乎正贴着地面飞行。这是鹟科鸟类独有的一种飞行方式。

雄三郎一步步地朝着右侧慢慢移动。忽然，在山茶叶的缝隙之间露出了一张小鸟的脸。一人一鸟的视线刚好撞在了一起。那只眼睛的周围有一道蔚蓝色的圈圈，紫色的脸，头顶有尖尖的羽冠。

这是紫寿带鸟！它是一只雄鸟。

雄三郎全身僵硬地站在那里。那只小鸟同样呆立在原地，微微地歪着脖子，侧脸露在了山茶叶的阴影之外。它或许是觉得，只要自己一动就会立刻被人发现吧。恰巧，雄三郎也是这么想的。虽然已经看见了彼此，但这一人一鸟依然紧张得像是在玩捉迷藏一样。

雄三郎率先移开了视线。他猛地闭上眼睛，在心里默念道："一、二……"他想看一看紫寿带鸟的全身，还有它身后那条超过三十厘米的长尾羽。

雄三郎在心里默默地对紫寿带鸟说："我闭着眼睛不看你，你就从树丛后面出来吧。"

数到"十"的时候，他睁开了眼睛。但是，那只紫寿带鸟依旧纹丝不动地站在原地。

从那只周围有一道蔚蓝色圈圈的、圆溜溜的眼睛中，透露出一股誓将身体隐藏到底的坚定决心。一想到那个拳头似的小身体此刻正处于一种高度紧张的状态中，雄三郎就感到有些手足无措。他小声地说："我已经知道你躲在那里了。你出来吧。只要让我稍微看一眼你的样子就可以了。我绝对不会动的。"

就在这个时候，紫寿带鸟忽然将脑袋转向了身后。雄三郎清楚地看到了这只雄性紫寿带鸟头顶上那一簇尖尖的羽冠，另外，还有一片白色的胸脯。下一个瞬间，这只体态轻盈的紫寿带鸟已经展翅飞向了天空。雄三郎看到有一根黑色磁带条似的尾羽高高地飘荡在半空中。

"嗝，嗝，嗝。"

紫寿带鸟发出了一阵警示声，随后便消失在了那片绿色的树丛里。它那优美的身姿深深地烙印在雄三郎眼中。但与此同时，雄三郎也感到了一阵紧张。

因为紫寿带鸟刚才起飞时的动作有些令人费解。当时，那只小鸟转移了原本停留在雄三郎身上的注意力，好像是在看某种其他东西。小鸟逃走了。这个其他东西究竟会是什么呢？

雄三郎的心中响起了一个声音：有什么东西要来了，要来了。

"哔——哔——哔——"

这个声音听起来有些悲伤。雄三郎从来没有听过这种鸟叫声。因为雄三郎曾在东京的上野动物园里听过鹰科的灰脸鵟（kuáng）鹰发出嘹亮的"咕咪——咕咪——"的叫声，所以他觉得此时这个寂寞的、草笛声似的叫声，可能来自某种会袭击小鸟的猛禽。

"哔——哔——"

雄三郎忽然感到，这个声音正在朝着自己靠近，对方并非来自空中，而是沿着地面一步步地走过来。雄三郎吓得脊背发凉，下意识地钻进了山茶树丛里。他伸出双手，环抱住一根粗壮的灰色树干。

这些绿油油的山茶叶长得很厚实，就像是在保护雄三郎似的，从他的脸部上方垂挂下来。在过去的一年里，雄三郎给那棵自己负责观察的山茶树的叶子贴了号码牌，对叶子的掉落时间进行了观测。现在，那棵树上已经结出草莓大小的草绿色硬果子，其中一些果子已经变得像苹果一样红了。到了秋天，褐色的果皮会开裂成三瓣，然后翘起一个卷儿，露出里面的黑色种子。用小刀将种子割开后，拿来擦桌子，桌子就会变得像上了漆似的锃光瓦亮。多亏了雄三郎，现在连隔壁班都开始流行用山茶种子来擦桌子了。

"哗——哗——"

那个东西又出现了。从复叶耳蕨的草丛里传出了一阵声响。有一只像狐狸、狸猫或日本獾那样大的动物，正一边摇晃着一条粗壮的尾巴，一边踩着小碎步快速地向雄三郎靠近。它的背上挂着一个黑色的东西。

看样子，对方既不是野兽，也不是怪物。这让雄三郎感到了一丝安心。他从山茶叶的缝隙中探出脸，目不转睛地盯着对方。

"这是猫吗?"

这只动物看起来要比猫高大许多，长长的双腿，健壮的身躯，还有一个黑色的斜挎包从肩膀挂到了身后。

"哗——哗——"

这只奇怪的动物把一片叶子放在自己的嘴边。那是一支叶笛。先将山茶叶卷成圆筒状，再将笛口压扁，一支叶笛就做好了。

雄三郎惊讶地瞪大了双眼。对方也看到了雄三郎。它停下了脚步。

这是一只头小身子大的猫。它长着一张只有拳头那么大的灰色小脸，却配上了一副和边境牧羊犬差不多的庞大身躯，还有一条长长的、毛茸茸的狗尾巴。

这只猫似乎想要撒腿跑掉，可又有些犹豫不决。它一动不动地盯着雄三郎。雄三郎也在看着它。

正当雄三郎想要开口说些什么的时候，这只猫讲话了。

"你好。"

"你好。"

雄三郎甚至没有意识到这是自己发出来的声音。

"我是山茶林的二不像。"对方自报了家门。

"我叫佐治雄三郎，是今里小学六年级一班的学生。"

二不像一听，便低下头，放心地朝着雄三郎靠近。

它就像一只遇见了熟人的小猫，把自己的小脸放在蹲在地上的雄三郎的膝盖上蹭来蹭去。一条"狗尾巴"在顽（qí）长的身后摇来摇去。

"你在这里干什么？"二不像问。

"我在看山茶花。"

说着，雄三郎摘下一片山茶叶，卷成圆筒状，放到了嘴边。虽然他对着叶子吹了口气，可是没能发出任何声音。

"你好笨啊。"

说着，二不像也摘下了一片山茶叶，然后将叶子卷成圆筒状，再将笛口压扁，放到了嘴边。叶子发出了"哗哗哗"的声响。

雄三郎尝试着模仿了一遍。可是，那支叶笛还是

发不出任何声音。于是，二不像就把自己的嘴靠近雄三郎的嘴边，给他做起了示范。

二不像的脸上有好几根尖尖的长胡子轻轻地扎在了雄三郎的脸上。

"咻——"

虽然声音很奇怪，但雄三郎总算吹响了叶笛。

"响了。你听。"

雄三郎用力一吹，叶笛再次发出了"咻——"的怪声。

"那不是笛子响了，"二不像急忙说，"那是我的胡子，我的胡子。"

原来，雄三郎把二不像的胡子尖跟山茶叶一起含进了嘴里。刚才那个只是夹在叶子里的胡子发出来的声音而已。

这个奇怪的场面让雄三郎忍不住笑出了眼泪。

过了一会儿，二不像身上的黑包引起了雄三郎的注意。他问："这是什么？"

"包里装的是信。我是七座森林的邮递员，正在送信，"二不像一边将手伸进包里一边说，"还剩下两封邮件。"

二不像把两封邮件放在了地上。其中一张信封上贴着画着山茶花图案的邮票；还有一封信件是一张山茶叶形状的明信片。雄三郎仔细一看，发现那张邮票上印着"蜡笔王国"这么一个国名。

"我马上就要送完了。你能在这里等我一下吗？或者，你和我一起去送信吧。"二不像有些局促不安地问。它似乎很高兴自己交到了朋友。雄三郎也非常喜欢二不像。他爽快地回答："我们一起去。"

二不像高兴得一跃而起，开始在这片山茶林里活力十足地狂奔了起来。雄三郎紧紧地跟在它的身后。

过了一会儿，林子里出现了一座小洋房。房子外面围着一道喷了白色油漆的栅栏。二不像停下脚步，调整了一下呼吸。

"你可以在这里等我。"二不像说。

"为什么？"

雄三郎边问边和二不像一起走向了那扇大门。

"汪，汪，汪，汪……"

这时，响起了一阵凶狠的狗吠声。一条褐色的柴犬出现在他们面前。

"呀——"

二不像立刻落荒而逃。雄三郎差点儿被吓破了胆，也跟着拔腿就跑。

"啊——吓死人了！"雄三郎喘着粗气说，"你一尖叫，狗就会叫得更厉害。"

雄三郎忽然发现自己刚刚说话的语气和爸爸一模一样。于是，他忍不住笑了出来。

"确实，如果我害怕的话，对方就会叫得更厉害，"二不像一边认真地思考一边说，"不过，也有可能是因为今天它看见了陌生的你，所以才会叫得那么厉害。"

"才不是呢。都是因为你叫了一声'呀——'，听到那样的尖叫声，就算不是狗，其他人也会被吓一跳的。"

"我发出来的是那样的声音吗?"

"就算是个女的,也不会发出那样的叫声。"雄三郎说。

"好,我要沉住气,重新挑战一次。"

二不像深吸了一口气,然后唱了起来:


像猫,却不是猫

像狗,却不是狗

在七座森林里东奔西跑

狗啊,请你不要叫,请你好好看一看

你看见这个孤孤单单的二不像身上的

黑色包包了吗?


听着二不像的歌声,雄三郎感到它是真的很怕狗。于是,他的心中涌起了一股勇气。他想帮助二不像,为它提供一臂之力。

"把信给我，我帮你送，"雄三郎说，"我已经习惯被狗吠了。"

不过，二不像没有同意。它说："这是工作。我是靠着这份工作生活的。"

说完，二不像重新下定决心，朝着那扇白色大门走了过去。疯狂的汪汪声再次响起时，二不像吓得两腿发软，呆立在了原地。

雄三郎走了过去。那条柴犬竖着耳朵，卷起上嘴唇，在那里疯狂地吠个不停。

雄三郎也被吓得一动不动。

最后，他俩又一起逃回了那片山茶林里。

雄三郎非常同情二不像。他语气坚定地说："这次就让我一个人去吧。"

然而，二不像紧紧地拽着信件，不肯松手。

"这是我自己选择的工作，"二不像边说边笑着站了起来，"我是二不像。因为我不是狗，所以狗看到我会叫；因为我也不是猫，所以猫看到我就会逃。我妈妈说，因为你以后必须独自生活，所以不能有害怕的东西。"

雄三郎听完，心里感到很羞愧。他非常讨厌那个每周一次克服怕狗心理的活动。可是，眼前的这个二不像竟是自己主动选择每天去挑战这个困难。

"如果你这次还是没能把信投进去的话，就换我上吧。"雄三郎再三叮嘱道。

"好。"

二不像脸上那对蓝色的眼珠子正在闪闪发光。它摘下一片山茶的嫩叶子放在嘴边，吹出了"哗——"的一声。

"这是我妈妈教我的。"

二不像吹着叶笛，第三次朝着那扇白色大门走了过去。

那条狗也第三次跳了出来，疯狂地在那里汪汪大吠。二不像继续朝着房子靠近。那根狗链被狗拉成了一条直线，和狗窝的木板摩擦出一道道巨大的声响。

二不像把信封投进邮箱的时候，那条柴犬侧着脖子，从白色栅栏下面伸出了脑袋。然后，它"咔嚓"一声就咬住了二不像的脚脖子。白色栅栏只有那个地方被柴犬刨出了一个坑，它刚好可以将脑袋伸出去。

二不像若无其事地走了回去。雄三郎一开始并没有发现它被狗咬了。

"妈妈也许正在某个地方看着我吧。"

二不像一边说，一边舔着脚上的伤口。那个地方虽然有些发肿，不过并没有流血。

"还剩下一份邮件，"二不像说，"接下来的那一家养了一条德国牧羊犬。我把自己不喜欢的送信地址都放到了最后。"

"这份邮件就由我来送吧，"雄三郎坚决地说，"这和我的暑假作业有关。你先听听我的故事。"

接着，雄三郎就把爸爸每个星期一如何训练自己不再怕狗的事情告诉了二不像。

"今天不就是星期一吗？所以，我要好好地做这个训练。"

"你有一个好爸爸，"二不像发出了一道低沉的声音，然后，它用微微泛着泪光的浅蓝色眼睛看着雄三郎说，"你可以做一些让你爸爸高兴的事，真好。"

从二不像的语气中，雄三郎察觉到它的爸爸妈妈应该已经不在了。

没过多久，雄三郎就看到了那栋需要投递明信片的房子。那是一座拥有大草坪的豪宅，外面围着一圈牢固的蓝色铁丝网，足足有两米高。一条浑身乌黑、壮如小牛的德国牧羊犬正在草坪上撒腿狂奔。这条牧羊犬很喜欢跳跃，看起来就像是一个巨大的黑球在地上弹来弹去。只要它使出真功夫，大概就能轻轻松松地跳过那两米高的铁丝网吧。

雄三郎靠近那扇石门时，牧羊犬便立刻跑了过来。它一边吐着红色的舌头，一边忽左忽右地蹦个不停。

雄三郎把明信片投入邮箱，然后蹲了下来。

牧羊犬露出了一副迷茫的表情。它把长长的鼻尖从铁丝网的菱形空格中挤了出来。雄三郎伸出手，准备摸一摸它的脑袋。牧羊犬立刻往后一跳，叫了一声"汪！"。

雄三郎再次伸出了手。这次，牧羊犬将长长的鼻子靠近雄三郎的手心，用力地顶了上去，身后的尾巴一个劲儿地摇个不停。

"哎呀，你已经完成自己的作业了，"二不像说，"山茶林的旅途到此结束。不过，你不知道回去的路吧。我会带你走到一个你熟悉的地方。"

在一片长着鹅耳枥、枹栎、溲疏和毛叶石楠的杂树林里，二不像一边拨开草丛，一边往前走去。

过了一会儿，雄三郎就来到了记忆里的那个"不会滑倒坡"。这时，二不像认真地盯着地面，兴高采烈地说："啊——说不定是我爸爸，说不定是我爸爸。"

地上出现了一些脚印。那其实是板仓老师按上去的狮子脚印。雄三郎一边叫着"啊，找到了！"，一边跑了起来。他看到了，套圈游戏用的那种五颜六色的塑料套圈正在树木之间时隐时现。

雄三郎跑到了那棵野漆树下面。每个塑料套圈上都系着一根丝带。丝带上分别写着"绣球""细柱柳""大红叶枫"这些植物的名字。

雄三郎取下了那个写着"山茶"的粉红色塑料套圈。

"就是这个。喂,我要找的就是这个!"

他一边说,一边环顾了一下四周。可是,哪里都没有二不像的身影。

定向运动一号选手雄三郎顺利找到了塑料套圈。所有人都从木屋里跑出来迎接他。

"做得很棒。"杉山老师微笑着接过了粉红色塑料套圈。很快,他的脸上便露出了一副惊讶的表情。

"只有这个吗?丝带上没有其他东西吗?"

"什么也没有。"雄三郎回答。

"其他塑料套圈的丝带上也没有吗?"

"没有。"

杉山老师听完后，便陷入了沉思。他之前明明已经将七枚用七宝烧工艺烧制的植物外形的徽章固定在了那些丝带上。

于是，杉山老师独自一人爬到了那个像白狮鬃毛的地方，悄悄地进行了确认。

别的都在，只有徽章不见了。

这大概是乌鸦干的吧。乌鸦有一个习性，就是喜欢收集像玻璃弹珠一样闪闪发光的东西。不过，乌鸦竟然能用鸟嘴将这种旋转式徽章从丝带上拧下来，可真够心灵嘴巧的呢。

# 6.
## 麻栎林的昔日狼

千加一拿起冰凉的井水漱口，瞬间就有一阵剧烈的牙疼穿过她那个刚刚起床的、昏昏沉沉的大脑。

"唔……"

千加忍不住用双手捂住了脸颊，准备等着疼痛感慢慢消失。

"怎么了？"站在一旁刷牙的友里惠问。

"牙齿又开始痛了。真讨厌。啊——话说回来，今天本来是去看牙医的日子。喂，去那边，去那边。"

"你在跟谁说话？"

"跟牙疼这个家伙啊。这家伙现在正戴着一副黑色眼镜，穿着一套黑西服，背对着我站在那里准备走了呢。不过，这家伙很不爽快，光在那里磨叽，还不断地回头看我。去去去。"

"去去去。"友里惠也和千加一起出声驱赶牙疼这个家伙。

"啊，太好了，不疼了。昨天晚上，我用牙签剔了一下牙。雄三郎带来的猪肉太硬了。如果这个猪肉真的把我的牙齿给弄疼了，那我可就要恨死雄三郎了。"

"就是，在这种山窝窝里可没有牙医呢。"友里惠说。

吃早饭的时候，千加一直在尽量避免使用里面的磨牙。牙疼那家伙好像已经抛下千加，去了别的地方。

饭后，千加拿着一个昆虫笼，出发去森林参加定向运动。昨天中午，她发现了一棵流着树液的麻栎。当时，有几只东亚荫眼蝶围着树干飞舞，还有两只古铜色的日铜罗花金龟头碰头地聚在树干上。那个图鉴小子正广来到这里之后，还没有抓到独角仙或锹形虫。如果千加比他先抓到这些虫子，那么正广肯定会懊恼得直跺脚。

比起寻找塑料套圈，千加更期待自己能够抓到那些虫子。于是，她直接朝那棵麻栎所在的林子赶了过去。

背后吹来了一阵夏末的凉风。厚朴树的大叶子发出了"簌簌簌"的声响，鹅耳枥的小叶子在风中轻轻地颤抖。

有一只日本暮蝉从脚边的灌木丛中飞了出来，发出"吱——"的一声。然后，它又重新钻进了灌木丛里，在里面不停地拍打着翅膀。最后，这只日本暮蝉静静地倒挂在一株藤蔓茂密的菝葜（bá qiā）上。

"这种虫子可不行。"

说完，千加一路小跑起来，两只眼睛不断地搜寻着昨天发现的那棵麻栎。

东亚荫眼蝶依然紧紧地绕着那棵麻栎的树干翩翩

起舞。

"这里还有琉璃蛱蝶。"

在树液变成黑斑的地方，有一只绿罗花金龟散发着耀眼璀璨的光芒，看上去就像是在树干上镶嵌了一颗绿宝石。

"哎呀呀。"

千加赶紧把伸出去的手重新缩了回来。只见一只比火焰还要鲜红的日本大虎头蜂正竖着一对 V 字形的翅膀，从树干背面爬了出来。

千加小心翼翼地望了一眼树干。那里既没有独角仙，也没有锹形虫。

于是，她放弃了这棵麻栎，重新环顾了一圈四周。她发现远处的树丛之间有蝴蝶在飞舞。

"那里也有流蜜的树。"

千加踩着坚硬的青冈栎的落叶走了过去。她在那里发现了五六棵麻栎。不对，那里是一整片麻栎林，树梢上散发着草绿色的亮光。

"那里是不是结出了橡子?"

千加仰头看着一棵棵麻栎,就像是在怀念过去一年里自己做的那项研究。这时,从地面的落叶上传来一阵轻细的沙沙声。

"窸窸窣窣,嘎啦嘎啦。"

好像有什么东西在四处乱跑。是松鼠吗?还是鼹鼠?似乎是一种体形更小的东西正在不断地跑来跑去。

千加竖起耳朵,屏住了呼吸。她好像听到有人在唱歌。


在后面的林子里,小狗波奇汪汪叫

有没有什么好事会发生呀?

小波奇,你不知道牙医吗?

如果你知道的话,那我们就来玩石头剪刀布吧

你替我去看牙医吧


千加看看前面,瞅瞅旁边,接着又瞧了瞧脚边。

她先是蹲着看，接着是站着看，最后还回头看了看。

有许多橡子正在地上滚来滚去。有青色的、褐色的、巧克力色的，还有像沙漠那种米黄色的。

千加一开始以为橡子在地上滚动是因为里面有虫子。可是，看了一会儿之后，她发现这些橡子就像一个个小孩似的，自己在那里跑来跑去，嬉闹玩耍。

千加毫不犹豫地跟这些橡子打起了招呼："让我也加入你们吧！"

橡子们似乎被这个声音吓了一跳。它们停了下来，没有说话。一颗散发着巧克力色光泽的橡子用一种又尖又细的声音问："你知道我们在玩什么游戏吗？"它看起来像是里面年纪最大的一颗橡子。

"不知道。不过，只要你们教我，我立刻就能学会。"

"这个，能学会。"另一颗橡子说。

"我们在玩医生游戏。我们都有牙痛的毛病。虽然必须去看牙医，可是我们讨厌看牙医。所以，在玩这个游戏的时候，如果你叫到谁的名字并且碰一下对方的话，那么这个被叫到名字的玩家就必须拿走你的牙痛。这么一来，大家的牙痛就会聚集到一个玩家的身上。最后，那个被硬塞了所有牙痛的玩家就算输了，就要去看牙医。"

"我一定要玩这个游戏！"千加说。

嘴巴里的那几颗磨牙感觉马上就要隐隐作痛起来。如果把这份疼痛转移给橡子，那真是再好不过了。不管橡子们怎么滚、怎么跳，它们逃跑的速度也快不到哪里去。

"好了，你们都过来吧。"

橡子们一颗接一颗地滚了出来。

"我叫咚咕啦波奇。"

"我叫咚嘎啦吼奇。你好呀。"

"我叫咚咖啦波奇。"

"我的名字是咚咕啦哈奇。"

"我是咚咕噜波奇。"

"我叫千加。"

"'千加',好简单的名字。"橡子们全都开心地叫了起来。

接着,橡子们一边朝着四面八方逃窜,一边大声唱道:

在后面的林子里,小狗波奇汪汪叫

有没有什么好事会发生呀?

小波奇,你不知道牙医吗?

如果你知道的话,那我们就来玩石头剪刀布吧

你替我去看牙医吧

千加很快就抓住了一颗青色的橡子。

"碰到了!"

"说名字!说名字!"对方说。

"咚咕啦……咚咕啦吼奇!"

"好遗憾。是咚嘎啦巴奇。好了,我的牙疼已经去

你那里了。"

"啊，不可以叫错名字吗?"

"当然不可以呀!"

接着，千加又抓住了一颗浅褐色脑袋的秃头橡子。她还在念着"咚咕啦，咚咕啦……"的时候，对方已经喊出了"千加"。因此，千加又拿到了一份牙疼。

于是，所有橡子都瞄准千加，朝她滚了过去。咚咕啦吼奇、咚咖啦波奇、咚咕噜波奇、咚咖啦莫奇同时碰到了千加。它们大叫起来："千加，千加，千加，千加，千加。"

"啊! 好痛!"

千加忽然蹲了下来。她的磨牙出现了一阵剧烈的疼痛。

"你怎么了?"

橡子们吓得赶紧围住了千加。千加感觉自己的牙齿正一跳一跳地疼，痛得连眼泪都流出来了。橡子们一看千加这副模样，便对她说："这得去看牙医了。我们带你去昔日狼那里吧。"

"我讨厌牙医，"千加拼命地摇头说，"我绝对不去看牙医。"

"可是，昔日狼的医术很高明哦。"橡子们拼命地想要说服千加。

"牙医竟然是一头狼。"

这时，千加的磨牙又开始痛了，仿佛有人正拿着一颗螺丝钉在"嘎吱嘎吱"地往里面拧。

"昔日狼是日本唯一的一头狼。说到狼，会让人想到那种性情粗暴、喜欢吃小动物的可怕家伙。可是，昔日狼非常善良。它说自己不是那种恶狼，虽然以前曾经是，但现在只是一头人畜无害的日本狼而已。为了证明这一点，它亲手把自己的獠牙都拔光了。所以，昔日狼是一位喜欢吃煎蛋卷和土豆色拉的善良医生。"

"好了，我们走吧。"

橡子们围在千加身边走了起来。

"不要，不要，我讨厌牙医。我不想去——"

不过，牙疼那个家伙现在已经一屁股牢牢地坐在千加嘴巴里那个房间的沙发上。它脱掉黑色的上衣，随心所欲地伸开双手，在那里大展拳脚。千加哭出来了。她一边哭，一边不得不跟着橡子们往麻栎林深处走去。

　　麻栎林里出现了一处树木稀疏的地方。那里有一个涂着白色油漆的箭头路标，上面写着"月夜野齿科医院"。

　　一栋淡黄色的老洋房出现在大家眼前。

　　在那段通往玄关的三级石阶上，有一位身穿白色罩衫的老先生正拿着一把小笤帚在那里清扫落叶。

　　"您好，昔日狼医生，"咚咕啦波奇说，"来病人了，医生。"

　　那张又尖又长的灰色脸庞此刻正目不转睛地看着千加。虽然它是一头竖着耳朵的日本狼，但那模样确实就是一位牙医。

　　无论是那两道沉稳安静的目光，还是那种只有备受尊敬的人身上才会出现的慢动作，都毫无疑问地表明对方就是一位深受大家信赖的医生。

"痛吗？是蛀牙吗？"昔日狼用一种大人对小孩说话时惯用的亲切语气慢吞吞地问，"好了，请进吧。"

"玩了牙医游戏之后，牙齿就真的疼起来啦。"

不知道是咚咕啦波奇，还是咚咕啦巴奇在那里说了一句："这个女孩子好像无法区分现实和想象。"

千加一边忍着疼痛，一边在心里嘀咕："这些都是真的吗？我难道不是在做梦吗？"

她的眼前是昔日狼那张灰色的脸，脚边的橡子们正在说："那我们就先告辞了。"

昔日狼将千加带到了一间诊室。那是一个像小书房一样的西式房间，就在一进大门的左手边。

房间里有一张治疗椅，旁边放着一个所有牙科医院都会有的那种高高的治疗台，上面挂着各种长长的电线，还摆放着七件银色的治疗道具。

昔日狼让千加坐在治疗椅上。然后，它就像其他牙医那样，把一块白布系在千加的脖子上。接着，一股细细的水流注入了千加左边那个漱口用的银色水杯里。

"哦——好严重啊，"昔日狼一边检查千加的牙齿一边说，"像这种情况，我觉得你都可以成为一名疼痛学博士了。有没有出现和之前一样的疼痛？"

千加想了想之后回答说："'嘶嘶嘶'地痛？'啧啧啧'地痛？像肉被拧成一团的痛？像脑袋被揍了一拳的痛？一闪而过的痛？像金属撞击时的痛？'吱吱吱'地痛？像被钟敲了一下的那种痛？'哧哧哧'地痛？"

昔日狼一听便乐了起来，说："哎呀，'哧哧哧'，那可真够痛的。很少有人会'哧哧哧'地痛。"

"还有'哔哔哔'地痛，'咕噜噜'地痛。"

"原来如此，"昔日狼重重地点了点头说，"'咕噜噜'地痛的时候，你哭了吧？"

"哇哇大哭，"千加点着头说，"还有，'咪库铃、咪库铃'地痛的时候也很难受。"

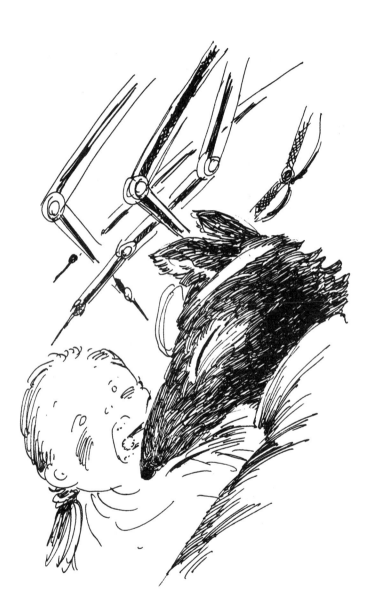

"你对这个相当有研究嘛，"昔日狼带着一种敬佩的语气说，"不过，你不知道那种'啊、唔嘎、库噜噜'的痛吧？'啊、唔嘎、库噜噜'。"

千加努力地回忆了一下，发现自己的记忆里好像并没有严重到"啊、唔嘎、库噜噜"这种程度的疼痛。

"我体验过这种疼痛，"昔日狼满足地眯起了双眼，它的胡子朝着天花板翘了起来，"我的牙齿啊，你看。"

昔日狼忽然张大嘴巴，伸手将牙齿拿了出来。就像橡子们说的那样，它戴着一口假牙。

"我曾经为了成为一名好牙医而拼命努力。为了能够发明出一种没有疼痛的治疗方法，我收集了各种草药，研制了特别的针剂，不断地做着各种实验。当然，我是拿自己的牙齿做实验的。实验的结果就像你现在看到的这样，我的牙齿全没了。那时候，我体验了'啊、唔嘎、库噜噜'的疼痛。多亏了这些实验，我发明了一种没有疼痛的治疗方法。磨牙和拔牙，你讨厌哪一种？"

"我讨厌磨牙。"千加回答。

虽然拔牙也很痛，但是比起磨牙时的体验，还是拔牙稍微好一些。磨牙的时候，那种焊接一样的声音和震动会覆盖整个大脑。千加一边双手握紧拳头，一边在那里提心吊胆地想：那把电钻不知道什么时候就会钻到牙疼的地方。

所有牙医都会说："如果感到痛的话，你就喊一声。"可是，当嘴里塞满纱布，并且还有一把坚硬的金属工具在里面横冲直撞的时候，你就只能拼命地皱起一张脸，根本无法发出声音。而牙医就会利用这个机会，一边说着"很痛吧，很痛吧，很快就结束了"，一边开始动手治疗那些痛得更厉害的部位。

"也就是说，你觉得牙医是不可信的。"昔日狼说。

"也不是啦。如果每次病人一喊痛，牙医就要停下来的话，那就什么也做不成了，不是吗？"

"说得没错，既然你都知道了，那我也没什么好说的了，"昔日狼把千加的那些蛀牙四周清洗了一遍，说，"我给你涂一点儿特殊的药吧。这样，你就不会感到痛了。这种药有十天的有效期。不过，你回家以后，一定要去看牙医哦。如果我在这里治疗你的牙齿，那么下次那位牙医马上就会发现。这会让他感到不舒服。医生们呀，可不太好打交道呢。"

说完，昔日狼用镊子夹起一块纱布，沾了一点儿深绿色的汁液。

"你和橡子是朋友吧？"

"对。过去一年半的时间里，我就光顾着看这些橡子了。"

"我猜也是。咚咕啦波奇可是第一次带人类过来呢。张大嘴巴，啊——这个药就是从麻栎的叶子里面提取出来的。"

当昔日狼把绿色的药涂在千加的磨牙上时，她感到疼痛一下子就消失了。与此同时，有一种非常舒服的感觉让她陷入了昏昏欲睡的状态。

"医生，你真的是日本唯一的一头狼吗？"

"如果聊起这件事啊，那太阳都要下山了。算了，我就给你简单扼要地讲一下整件事情的经过吧。那是一个炎热夏天的午后。

"那时候，我忽然失去了父母，变成孤身一个，每天只是浑浑噩噩地打发日子。有一天，我感到特别迷茫，于是就走进了一间仓库，因为那里最凉快。

"我在一大堆书里面发现了我爸以前写的旧日记本。我一边'哗啦哗啦'地翻日记，一边扫几眼里面的内容。突然，有一行充满冲击力的文字跳进了我的眼睛里。那上面写着：'捡到的那个孩子是狼的孩子。'"

说到这里的时候，昔日狼抬起了头。看到千加熟睡的脸庞后，昔日狼的脸上露出了一抹温柔的微笑。它把挂在千加脖子上的那块白布拿了下来。

然后，昔日狼轻轻地抱起千加，走到了屋外。

千加睁开眼睛时，发现自己正躺在昨天发现的那棵麻栎树下。东亚荫眼蝶仍然在绕着麻栎的树干飞舞嬉闹。绿罗花金龟的脑袋依旧顶在树干的裂缝里，看起来就像是一颗宝石。

"咦！"

千加看向了倒在一旁的昆虫笼。那里面装着的不正是两只锯锹形虫和一只小锹形虫吗？

"咚咕啦波奇，昔日狼。"

千加用力地晃了晃脑袋。这一切仿佛都是一场梦。

此时，手表上的时间已经指向了十一点二十分。

"不好，再不抓紧时间去找塑料套圈的话……"

千加很快就找到了那棵野漆树。树枝上只挂着一个白色塑料套圈。丝带上写着"绣球"。千加心想，这难道不是研究《被绣球花吸引的昆虫》这个课题的正广应该拿的塑料套圈吗？不过，那里并没有其他塑料套圈。于是，千加就暂且先把这个白色塑料套圈带了回去。

"啊！你是说那里就只有这么一个塑料套圈？"

杉山老师感到很惊讶。他把雄三郎叫过来问："你昨天找到塑料套圈的时候，那里还有七个，对吧？"

"对，是七个。"雄三郎点了点头。

"这是怎么一回事呢？"

茉里世环顾了一圈，说："好可怕，老师，我是不会去的。"

其他人也一下子安静了下来。空气中透露出一种紧张的气氛。

"那么，试胆游戏取消了？"晶太郎问。

"肯定是昨晚起了点儿风，把塑料套圈给吹跑了。"板仓老师故意漫不经心地说。

"总之，既然塑料套圈不见了，那就只能中止这项定向运动了。"杉山老师做出了最后的决定。

# 7.
## 绣球林的蛛网小道

　　千加竟然抓了三只锹形虫回来，把本少爷这个昆虫博士甩在一边。正广一想到这里，心里就感到十分懊恼。他琢磨着，既然千加能抓到三只，那如果是本少爷去的话，大概轻轻松松就能抓住十只左右吧。

　　昨天，杉山老师特意叮嘱大家绝对不能一个人走进那片森林。现在还不到凌晨四点，正广已经醒了。

　　他准备等窗外的天色再明亮一些之后，就偷偷溜出去抓锹形虫。只要在六点的起床时间之前赶回来就可以了。

现在是四点二十分，有一道微弱的光线静静地从窗外透进屋内。

正广轻轻地拉了拉睡在一旁的晶太郎的毛毯。昨晚，他问晶太郎："你要不要和我一起去？"晶太郎回答："嗯，我可以和你一起去。"

可是，晶太郎没有醒。

正广轻轻地站了起来。他悄无声息地换好衣服，把昆虫笼和用来刮树皮的螺丝刀夹在腰带上，然后，蹑手蹑脚地走下了楼梯。其实，换一个角度想，晶太郎不去也是一件好事。

如果稍后大家因为看不到正广而叫嚷起来的话，晶太郎应该会告诉他们："正广一大早就去抓虫子了。"这么一来，杉山老师和其他人就不会过度担心了。

四周响起了鸟叫声。天空渐白，黎明时分的森林正在慢慢地从睡梦中苏醒过来。林子里散发出一种神秘的气息。

森林的地面飘荡着一股浓稠的气体，仿佛是树木的呼吸。清晨的阳光洒向林间。风儿在里面打着小小的旋涡，将地面的气体慢慢打散后吹向空中。

白色的雾气就像一个斜挂在林间的甜甜圈。

尽管身边没有任何竞争对手，但正广还是快步跑了起来。他的胸中高高地扬起了一面希望的风帆。那一双还没有完全清醒的腿硬是被他拖着往前走去。

正广心想：无论如何，我必须抓到五只。否则，我就无法在千加面前吹嘘炫耀了。最好能抓到深山锹形虫或巨扁锹形虫。话说回来，千加那家伙是在哪里找到那些锹形虫的？

在正广脑子里的那张地图上，目前还只标记了两处可能会有锹形虫的林子。一处是长着稀稀疏疏的枹栎的林子，还有一处就是那条"小便巷"深处的一片林子。那片林子里的树木看起来既像麻栎，又像栗树。无论是哪一种，都是可能会有锹形虫或独角仙的树种。

很快，正广就找到了自己的第一个目标——枹栎。昨天，他只是远远地眺望了一眼这棵枹栎。今天一看却发现，这棵树竟然长得如此健硕。这上面既没有可以让锹形虫钻进去的树洞，也没有流出树液的伤口。

正广继续朝林子深处走去。一棵树，又是一棵树。他抬起脚，用力地踢了踢那些灰色的树干。每次踢完，他都会拼命地睁大眼睛四处张望。可是，并没有虫子从树上掉下来。

周围的空气中散发着天香百合的浓郁香气。要想从这里继续往里走，那就必须一边拨开草丛一边前进。脚上的那双帆布鞋已经彻底被清晨的露水打湿了。接下来，恐怕连裤子也会变成这样吧。

正广犹豫着要不要把裤脚卷起来，可是这么一来，露出来的皮肤就会被野蔷薇或槭叶莓的刺扎到。

"救了裤子，就救不了腿，还是腿比较重要。"正广自言自语地说了一句。然后，他突然伸手摘下了一朵天香百合。褐色花粉一下子洒满了两只胳膊。

轻轻一擦，整条胳膊都变成了橘黄色。再擦一下，原先的橘黄色就变成了一种亮黄色。

正广想起自己曾经一边叫着"啊！是红珠凤蝶"，一边拼命地追赶一只蝴蝶的往事。那只黑色凤蝶后面的那对翅膀是鲜红色的。

他当时想的是：本州地区没有红珠凤蝶，只有冲绳有。如果我能抓住这只红珠凤蝶，那就可以上报纸了。

经过一番努力追逐之后，正广终于成功地抓住了那只凤蝶。可是，那只是一只普普通通的麝凤蝶，只不过翅膀上沾满了天香百合的红色花粉。

"我讨厌百合花。"说着，正广便扔掉了自己刚摘下来的那朵天香百合。

正广决定继续前往林子的深处。他拨开那些长在树荫里的野草，用力地将它们踩在脚下，然后朝着一棵巨大的枹栎走了过去。

这棵枹栎的树根处歪歪扭扭地长成了两根树干。在这个树干分叉的地方，长着许多隆起的老树皮和裂缝，就像筋肉疙瘩一样。这棵树怎么看都像是会有锹形虫的样子。可是，不要说什么日铜罗花金龟了，这里就连一只邻烁甲都看不到。

正广感到一阵失落。不过，前面也有一些树皮皴裂的树木。于是，他继续朝前走去。那些树下的野草已经变成了细竹，这让人感觉走起路来轻松了许多。

"哇！"

正广突然一脸撞进了一张蜘蛛网里。他停下脚步，拿出手帕擦掉了脸上的汗水和蜘蛛网。

"我就说嘛，怎么这么倒霉？原来今天是星期三啊。"

每个星期三都有汉字练习册的作业。虽然正广的汉字学得不错，但他的字写得很潦草，他无法做到认认真真地写字。因此，他的汉字作业的成绩每次都只能拿到一个C。

一旦拿到了C，下周写字的量就会翻倍。如果连续三周都是C的话，到了第四周，其他孩子只要写一百个字就可以了，但他必须写八百个字才行。

"啊，是因为这个啊，汉字练习册的封面用的就是蜘蛛网的照片。所以，我才会想起写字这件事。"正广在那里嘀嘀咕咕地说。汉字练习册的封面确实就是一张蜘蛛网的图片。图片里的蜘蛛网上挂满了亮晶晶的水珠。

"哇！"

这次是正广的头撞到了一张蜘蛛网。他蹲下身子，捡起了一根枯树枝。接下来，他可以一边用树枝挥掉蜘蛛网，一边继续前进。

这里的蜘蛛网多得数也数不清。

"简直就是一条蛛网小道。"

此时，正广看见了白色的粗齿绣球。

"是粗齿绣球，还是长叶绣球呢？"

图鉴小子正广有一个怪毛病，那就是当他明明知道这个东西是什么的时候，还要故意提一下另外一样东西。

在来木屋的路上，看到虎甲虫的时候，正广明知那是虎甲虫，却还要特意加上一句——"还是铜翅虎甲呢？"他还因此受到了其他人的嘲笑。就像现在，虽然正广清楚地知道眼前的白色花朵就是粗齿绣球，但他仍要多提一句——"还是长叶绣球呢？"

周围的粗齿绣球越来越多，不知不觉中，正广已经被粗齿绣球那些像白色脸蛋一样的花朵团团包围。

"嘿！呀！"

脚下的这条蛛网小道还在继续往前延伸。

"既然这里住了这么多蜘蛛，那说明这些粗齿绣球会吸引许多小虫子过来。"

忽然，正广想到了一个好办法：通过清点蜘蛛网的数量来调查虫子的密度和种类。

这时，有一张非常精致漂亮的蜘蛛网高高地悬挂在正前方，阻挡了正广前进的脚步。

那些像蕾丝一样的白色蜘蛛丝上，缀满了碎钻似的清晨的露珠，看起来就和那本汉字练习册封面上的图片一模一样。

"好呀！打败汉字！"

正广将枯树枝高高地举过头顶，嘴里发出"嘿！"的一声，然后朝着蜘蛛网中间劈了下去。

"呀！"

一只大腹园蛛快速地逃走了。接着，有一个声音清晰地传进了正广的耳朵里。

"忍耐一百次，再忍一千次。"

正广吓得呆立在了原地。

"忍耐一万次，再忍一亿次。"

"一次不生气，十次也要忍。"

这是歌声。是谁在这附近？正广的两颗眼珠子在那里左右打转。他竖起耳朵，屏住了呼吸。

好像是虫子。它正藏在树叶背后。

原来是一只小蜘蛛。

此时，另一个地方也传来了歌声。这次是从那个被正广戳破的蜘蛛网上传来的。

"忍耐了十次，再忍一百次。"

这个曲调非常简单，听起来就像是老奶奶们喜欢唱的那种御咏歌①。

到处都有蜘蛛在准备织网。

之前，正广抱着一种好玩的心情，一看到蜘蛛网就把它戳破。一共毁掉了几十张蜘蛛网。现在，那些蜘蛛正在原地开始编织新网。这首歌好像就是蜘蛛们的劳动号子。

　　　　一次不生气，十次也要忍

　　　　忍耐了十次，再忍一百次

　　　　忍耐一百次，再忍一千次

　　　　忍耐一千次，再忍一万次

　　　　忍耐一万次，再忍一亿次

　　　　忍耐一亿次，再忍一兆次

　　　　哟——哟——哟——

---

① 御咏歌是指在参拜寺庙名刹时，人们经常吟唱的一种赞歌。

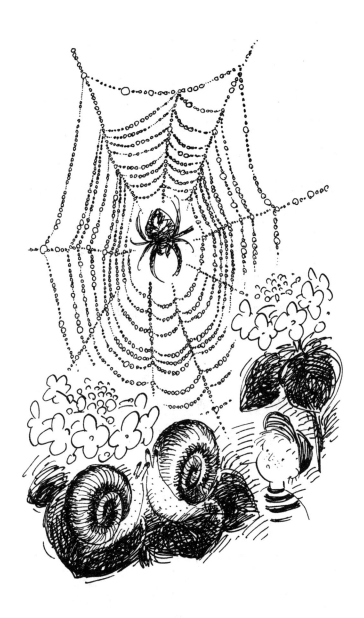

那边的灌木丛里，这边的树叶背后，全都响起了蜘蛛们的歌声。这简直就是一场大合唱。

正广感到有些后悔，觉得自己做了坏事。不过，蜘蛛们全是活力十足、生机勃勃的样子，丝毫没有露出任何悲伤的情绪。

清晨的阳光照进树林深处，连潮湿的地面都浮现出了橘黄色的斑驳光点。

不知不觉中，正广的嘴巴也跟着动了起来。


一次不生气，十次也要忍

忍耐了十次，再忍一百次

忍耐一百次，再忍一千次

忍耐一千次，再忍一万次

忍耐一万次，再忍一亿次

忍耐一亿次，再忍一兆次

哟——哟——哟——

"我都已经记住了。"

正广记住了这首单调的曲子。他在那里反反复复地唱个不停，心情也跟着变得轻松明快了起来。

正广心想：这是怎么一回事？只要想着汉字练习册也没有那么让人讨厌，它就真的变得不讨厌了。我有一种现在就想要练字的感觉。一想到蜘蛛们这份惊人的忍耐力，我就觉得认真写汉字也不过是小菜一碟。从下学期开始，我要一边唱这首歌一边练字。

不知不觉中，蜘蛛们的歌声消失了。

刚刚还将森林的地面照得金光灿烂的朝阳，现在已经被云朵遮住，四周就像是发生了日食一样，渐渐地暗沉了下来。粗齿绣球的白色花朵仿佛被冰冻在了原地。有一种不同寻常的气息，让正广感到后背一阵发冷。他本能地躲进了粗齿绣球的花丛里。

林间出现了一团圆形的雾气。它正朝着这边靠近。

那团雾气看起来就像是一只巨大的白色章鱼，一边扭动着触手，一边向前行进。这确实不是自然界里常见的那种云朵或雾气。这是一个令人害怕的怪物。

当这团白色雾气来到正广附近时，它忽然变成了一个人的形状。腰部的位置散发出红宝石和绿宝石般的光芒。这些亮光一会儿画出十字，一会儿又变成星星的形状。

"我绝对不会放过那个偷走我银笛的家伙。"这团雾气走到正广的身边，雾气里的生物发出了一种可怕的女人的声音，"我知道这是谁的指示，哼，走着瞧吧。那条花身鯻（là），我要把它做成新鲜鱼片吃掉。"

这个生物每次呼吸时，都会喷出一股浓浓的乳白色雾气。当雾气变淡的一瞬间，正广可以隐隐约约地看见对方细长的腿部曲线、两只柔软的胳膊以及一头长发。

当正广以为自己马上就可以看见对方的脸和全身的时候，这个怪物又立刻吹出了另一团浓雾。

一双漂亮的银色高跟鞋从正广的眼前走过。

一阵清晨的大风从背后吹向这团雾气。正广清楚地看到了一个女人的背影。她那一头银色长发正在随风飘扬。女人看上去很美，就像是准备去参加舞会的灰姑娘。

"喂，雾女铂丝的长笛好像弄丢了。"

附近响起了一个声音。正广低头一看，发现眼前那株粗齿绣球下面有两只蜗牛正在交头接耳。

"到底是谁拿走了雾女的银笛呢？"

"是不是金猴干的？据说，那群金猴里有很坏的家伙呢。"

"可是，说什么把花身鯻做成新鲜鱼片吃掉这可怕的话，也不好吧。不管怎样，花身鯻毕竟是她的姐夫。"

"不是啊，你站在铂丝的角度想一想嘛。她的左脸颊是被仙人掌林里忽然喷到脸上的那股温泉热汤给烫伤的。花身鳜是那个温泉神的手下。自己的姐姐竟然会和花身鳜结婚，这也太过分了吧。"

正广忍不住问了一句："雾女被严重烫伤后，为了不让别人看到自己的脸，她才吐出雾气的吗？"

"是的呀，"蜗牛点了点头说，"在受伤之前，这孩子比她姐姐沙耶还要漂亮呢。"

"那她好可怜啊。"

"是的，非常可怜。"一只蜗牛附和道。

另一只蜗牛听到后，便说："我们可不能可怜她哦。铂丝说过，为了报仇她什么都做得出来。如果她真的把温泉神手下的那条花身鳜吃了，那么地球上所有火山都会喷发的。"

"所以啊，你不要再待在这种地方了，赶紧回青岚舍去吧。"

蜗牛把回程的路线告诉了正广。正广气喘吁吁地跑回了小屋。

这时，已经是六点半了。

"你跑到哪里去了？"

正广被杉山老师狠狠地训了一番。不过，他什么也没有说。因为正广觉得，大概没有人会相信他遇到的那些怪事吧。

# 8.
# 柳树林的金猴

　　"今天，我们要去之前没有踏足的南边进行调查。"
在第五天早上，杉山老师对大家说，"根据这张地图来
看，往南走大约两千米左右，就会出现一道瀑布。既
然有瀑布，那自然就会有让水流走的河道。不过，这
张地图上没有河流标记。"

　　"我们能去河里玩水吗？"友里惠问。

　　"我没有带泳衣，怎么办？"茉里世立刻叫了起来。

　　"不要慌。那里不可能有可以游泳的大河。"

　　"什么呀！"

116

大家顿时感到一阵失落。虽然森林里的生活充满了各种乐趣，但如果真要说有什么不满意的地方，那就是这里没有泳池，无法游泳。

"不过，我们是不是可以在瀑布下面玩水？"千加问。

"如果那条瀑布有水的话。"长着一脸邋遢胡子的板仓老师笑着说，"地图上画了瀑布，却没有河流的标记，这说明可能只有下雨的时候才会出现瀑布。其他时候，河流都是干枯的状态，不是吗？"

"不过，"杉山老师说出了一件驳斥这个观点的事，让大家欣喜万分，"每天晚上都能听到夜鹭的叫声。早上，夜鹭就会从南边飞回来。这说明南边应该有河流或水池，那里有夜鹭吃的小鱼。"

"万岁！"

友里惠高兴得跳了起来。因为比起森林探险，她更喜欢在河里抓鳗鱼，或者翻开石头去抓螃蟹。

上午九点，一场毫无乐趣可言的探险活动开始了。

之前大家走的是那种长着许多枹栎、枫树和日本领春木等落叶树的林子，而这次的林子里长满了樟树、米槠、青冈栎这些树木。沉甸甸的厚叶子遮得林子又闷又热，连一丝风都吹不进去。大颗大颗的汗水毫不客气地从身体里面冒出来。无论怎么走，身边都是一片阴沉沉的树林。

为了给大家鼓劲打气，杉山老师说："你们看那棵红楠的树枝，看那上面的蓝黑色，那是蜡笔王国啊。"

茉里世和久子马上大声地反驳了一句："那不是蜡笔王国！"

此时，大家已经走了四十分钟。按理说，早就应该走到那个有瀑布的地方了。

"不想走了。这里没有什么瀑布。"除了友里惠之外，其他人全都叫嚷了起来。

"可能真的没有瀑布吧。"最后，连杉山老师都放弃了，他喊了一声，"大家休息。"

"大家稍微休息一会儿，然后在这附近进行自然观察。每个人都要收集至少十种不同种类的树叶！听到了吗？比如说，"杉山老师边说边从附近的树上扯下了一些叶子，"这个是白新木姜子，这个是天竺桂。这两种叶子上面的三条筋都很明显。不过，白新木姜子的叶子比较大，背面是白色的。而天竺桂的叶子比白新木姜子的小，名字里带了一个桂字，所以会有一股香气。大家就像老师这样，收集十种不同的叶子过来。从现在开始，给你们二十分钟时间。"

二十分钟过去了。那个对寻找河流还没有死心的友里惠正独自一人，一边大喊"喂——喂——"，一边走来走去。

没有人回答她。

友里惠的脑海中浮现出电视里曾经播放过的一段场景，是富士山脚下的一片青木原树海。那片被称为"树海"的森林给友里惠留下了一种阴森恐怖的印象：只要踏进这种林子，就再也无法活着走出来，地上到处都是白骨。

友里惠心想：总之，我必须往上走。

从木屋出发之后，这一路基本都是往下走的缓坡。因此，如果她不往山上爬的话，就不可能回到木屋。

友里惠朝山上走了十分钟之后，发现自己彻底迷路了。那些树下的杂草已经逐渐变成了她之前从未见过的羊齿植物。

于是，友里惠的行动计划忽然发生了一百八十度的大改变。她想：我必须往山下走才行。虽然之前打算往山上走去寻找木屋，可是仔细一想，要想在森林里找到那栋看起来比一个圆点还要小的木屋，简直是难于上青天；如果找不到木屋，那么她只会在深山之中越走越远。因此，还是应该往山下走，去寻找公交车能通行的马路或有人居住的村子。

那天，大家来木屋的时候，从公交车上下来之后，走了三个半小时。现在是下坡路，最多走上两个小时就能看到农田和房子了吧。这里不是青木原树海，这里是伊豆的山里。现在还是上午十一点。在天黑之前，她不可能走不到一个有人居住的村庄。

下定决心之后，友里惠立刻开始在森林里狂奔起来。她不断地往山下跑去。

友里惠的脑海中浮现出一句伤感的话：开弓没有回头箭。这是她以前在某个故事里看到的。

忽然，西边的天空变得明亮起来。右下方出现了一道三十度左右的陡坡。而在这斜坡的另一边，不正有一条波光粼粼的河流吗？那是一条可以看到河滩的大河。

头顶上出现了令人怀念的细柱柳。友里惠的心中涌现出一阵欣喜。

她想：只要走到那里，就一定能看到人住的房子。在最后一段斜坡的草丛里，长满了相互缠绕的葛草。这些野草已经长到友里惠胸口的位置。她一鼓作气地横穿了过去。

终于，友里惠来到了河滩上。虽然河水很浅，但水流的速度很快。闪闪发光的河水冲刷出一片白色的浅滩。友里惠"哗哗哗"地蹚入河中，然后把被太阳晒得通红的脸埋进清凉的河水里。耳边仿佛响起了"咻"的一声，脸上立刻出现了一阵清凉的舒适感。

不过，这一带看起来似乎并没有人居住。

友里惠心想：我只要沿着这条河继续往下走，一直走下去就行了。

这个时候，她发现离河岸不远的河里浸着一个细长竹筒似的竹笼。

那是抓鳗鱼的渔具。

去妈妈的新潟（xì）老家时，友里惠也会把这种竹笼浸在河流的深水区来抓鳗鱼。友里惠拥有一种特别的直觉和才能，能够帮她找到放置竹笼的合适位置。

这附近肯定有人居住。友里惠顿时感到勇气大增。她试着将那个用来抓鳗鱼的竹笼从河里拎了起来。

里面有鱼！有鱼！鱼儿们扭来扭去，缠作一团。有灰色的鱼肚子、白色的鱼肚子，还有银色的鱼肚子。

拂过河面的清风吹得柳叶飒飒作响。

不知从什么地方传来了一阵歌声。


柔弱鳗鱼，无精打采

无声无息，正在睡觉

普通鳗鱼，啾啾啾叫

强壮鳗鱼，正在生气

咻咻咻叫


友里惠竖起了耳朵。这个歌声既像是从上面传来的，又像是从旁边传来的。

好像是柳树上那些细长的绿叶子的歌声。

友里惠走到河畔柳树的树根旁。

确实是柳树在唱歌。

"树木竟然会唱歌，这里真的就是蜡笔王国。好！我最喜欢冒险和探险了。管它是哪里呢，我都要走上一趟。"

这时，河流往右拐了一个大弯。

友里惠往前走了一段路之后，发现河流正中间漂浮着一排用八根圆木扎成的木筏。那排木筏没有被水流冲走。它是不是被什么东西绑在了那里？

木筏上孤零零地放着一个物体，看起来像是一部黑色的电话机。友里惠用力地蹚过河水，向木筏走去。河水已经漫到了她的大腿部位。

那果然就是一部电话机。友里惠用双手撑住木筏，发现这排木筏可以承受住自己的体重。于是，她一鼓作气地爬了上去。只见圆木上写着这么两行字：

> 喜欢干净的人才有资格拿起这个话筒。
>
> 喜欢脏乱差的人不能拿起这个话筒。

"什么呀，这是？"

这部电话机是什么恶作剧吗？不管怎样，毕竟这里连根电话线都没有，电话肯定打不通。

"这一定是什么魔法吧。"

友里惠一下子拿起了话筒。只听见"沙——"的一声巨响，眼前的河面立刻变得波光闪闪。

木筏开始在水面上滑行起来。惊慌失措的友里惠正在犹豫自己要不要跳船。可是，河水并不深，这个木筏看起来也很牢固。这么一想，友里惠便改变了主意，或许这样坐在木筏上会更安全一些。

"我要好好地享受一下顺流而下的快感。"

木筏如箭般飞驰在这条十米左右宽的大河中间。两岸是一片细柱柳林。在正午阳光的照耀下，那些绿色的柳叶闪现着美丽动人的光泽。

"这里确实就是蜡笔王国，杉山老师。"

忽然，水流推着木筏不断地往左边快速移动。木筏朝着一块平整的大岩石笔直地冲了过去。

"啊！要撞上去了。"

"咣当"一声，木筏撞上了岩石。那股推着木筏前进的水流此时全都涌进了岩石底部。

"啊！什么呀，怎么来了这么个人。"

从岩石上方传来了一个声音。友里惠下意识地笑着抬起了头。

"……"

"……"

只见一只细胳膊细腿、全身长着毛茸茸黄毛的猴子正看着友里惠。黑色的脸，黑色的嘴巴，一对可爱的眼睛在那里滴溜溜地转。这一定是一只很珍贵的宠物吧。它的主人应该就在旁边。于是，友里惠使劲地从木筏跳到了那块平整得像架子似的岩石上。

"这是个爱干净的人吗？她的脸可真够脏的，"猴子说，"不过，这人看上去又结实又有力气。要不就让她来干活吧。"

说着，猴子打开了放在岩石上的一个黑包，从里面拿出一张名片，递给了还在那里发呆的友里惠。

> 阿拉斯贝商社会长：金猴易加斯
>
> 营业所：蜡笔王国柳树林八街区八街八号

"我迷路了。"友里惠赶紧解释。

金猴用一种更加急促的语气滔滔不绝地说："你迷路了。哦——不过，路是什么呢？只要自己走下去，不就会走出一条路来吗？这是我一贯的行事作风。你别说话，先听我讲。你来为我工作，我就会听听你的愿望。我们必须相互帮助。你需要我，我也需要你。我遇到了麻烦，你也一样。既然大家都遇到了困难，那我们就是朋友了。"

"既然是朋友，那你应该告诉我该怎么走吧？"友里惠反问猴子。

"那当然！"金猴点了点头，然后开门见山地说，"把你送回那个画家的青岚舍，这简直就是小菜一碟。话说回来，你今天在我商社里工作一天，这不同样也是小菜一碟吗？"

友里惠心想：这只猴子就是商社社长吗？原来如此，这里不愧是蜡笔王国。

她心中那架信任的天平开始慢慢地向金猴倾斜。

　　"你说的工作是指什么？"

　　"首先，你要去一家鳗鱼店。"

　　"哈？去那里干什么？"

　　"就是一些鳗鱼店需要做的事情。如果你好好工作，对方应该会请你吃鳗鱼饭。"

　　友里惠一听，肚子便"咕咕咕"地叫了起来。

　　"那之后，还有一份工作等着你去做。你要去一趟深山里的十三街区四十二街。你今天只要做完这两份工作就可以了。"

　　"你这家公司究竟是做什么业务的啊？"

　　"阿拉斯贝商社什么都做，什么都干。嗯——就是一个负责打杂的公司，基本上都是一些打扫卫生、整理房间的工作。"

　　"啊——"友里惠发出了一声惨叫，"全世界我最不想做的工作就是这个。你是魔鬼吗？"

　　"不，说不定不是打扫卫生的工作，因为鳗鱼店的预约单上写了一条附加事项，说是要找一个熟悉鳗鱼的员工。像你这种国字脸，是鳗鱼喜欢的脸型。"

"长成这种国字脸，可真是对不住了。"友里惠故意话里带刺地说。不过，既然对方想要找一个熟悉鳗鱼的人，那她可以当仁不让地说"就包在我身上吧"。最重要的是，对方好像会请自己吃鳗鱼。

"那我就先去鳗鱼店看看吧。"

此时，友里惠已经完全放松了下来。她一边哼着歌，一边跟在金猴社长身后，沿着那条通往柳树林的河边小路走了起来。

没过多久，眼前便出现了一座稻草屋顶的房子。门口的蓝色布帘上印染着白色的鳗鱼图案。

"哎呀，可把你们给等来了。"鳗鱼店的老板也是一只金猴。不过，它看上去已经上了年纪，金黄色的毛发有一半变成了灰白色，疲惫的三角形眼角在那里眨个不停。

"你可真是走运啊！我给你带来了一个为你们店量

身打造的员工，"金猴社长亲切地向鳗鱼店老板介绍起友里惠，"虽然长着一张国字脸，不过啊，她就像是鳗鱼的亲戚一样非常了解鳗鱼。学校里的成绩，那可是一骑绝尘。她还喜欢吃鳗鱼，就算一天三餐都吃烤鳗鱼也完全吃不厌。"

"如果把要出售的鳗鱼给吃了，那可不行，"鳗鱼店老板苦笑着说，"你过来这边，我教你怎么做。"

穿过厨房内侧，眼前便出现了一个大水槽。几百条鳗鱼正在里面享受午觉。有的鳗鱼下巴靠着下巴，有的鳗鱼肚子碰着肚子。

"五天之后就是奥运会了，客人们会蜂拥而至。"鳗鱼店老板解释说，"要把这些鳗鱼分成三个等级：特等、上等、普通。至于具体怎么划分，当然是要看体形、身体的颜色以及抓起来时的手感。首先，你看，这条算是上等，这条算普通，而像这种带着光泽的就是特等。"

友里惠想起了刚才柳树唱的那首歌："强壮鳗鱼，

正在生气，咻咻咻叫。"

就是这个，就是这个，友里惠心想。

很快，友里惠的手便开始疯狂地舞动了起来。她一条接一条地抓起鳗鱼，然后"扑通，扑通，扑通"将这些鳗鱼扔进了三个分别挂着"特等""上等""普通"木牌的大水盆里。

"啊！喂！把这么小的鳗鱼扔进这个挂着'特等'木牌的水盆里可不行！"

鳗鱼店老板皱着眉头骂了一句。不过，当鳗鱼店老板重新将这条鳗鱼从水盆里抓起来时，它发现这确实是一条美味的鳗鱼。于是，它只好闭上了嘴巴。

友里惠的手法极其熟练。她几乎在一瞬间就做出了精准的判断。鳗鱼店老板在一旁看得目瞪口呆。友里惠露出了得意扬扬的表情。

终于，鳗鱼店老板举起了白旗。它彬彬有礼地向友里惠请教："你是怎么分辨的呢?"

"问一下鳗鱼就知道了。像这样把鳗鱼的脖子捏住，发出'啾'的声音的就是优秀的'秀'，发出'啾'的声音的就是中等的'中'，什么声音都没有的就是普普通通的笨蛋鳗鱼。"

友里惠心里简直乐开了花。原本预定要一天时间才能完成的工作竟然只花了一个小时。鳗鱼店老板也高兴坏了。它在一个大盘里装满刚烤好的鳗鱼，上面浇满了浓稠的酱汁，然后请易加斯社长和友里惠美美地饱餐了一顿。

"社长，下一家应该也会这么顺利吧?"友里惠精神抖擞地问。

说起来，今天是星期四，就算在家里，她也要一边听着《少女的祈祷》的旋律，一边打扫房间。

关于这下一家客户，社长也是头一回接触。因此，他们在找路时费了很多工夫。

"十三街区四十二街。金猴沃格斯的家究竟在哪里? 在哪里? 十三街区四十二街。"

友里惠心想：十三街区四十二街，这组数字可真

132

不吉利①。

终于，他们在一幢几乎淹没在柳树林深处的老洋房前面发现了"十三街区四十二街"这个地址牌。这幢房子看起来简直就像是一间鬼屋。

这原本应该是一座造型别致的建筑，尖尖的红色屋顶上安装着一根公鸡风向标模样的避雷针。不过，这根避雷针现在已经严重弯曲，白墙上的灰泥也脱落了一大半。

房子里一片寂静，一点儿也不像有谁居住的样子。按了门铃之后，也无任何应答声。

"这个电铃不会已经坏掉了吧?"社长按按门铃，敲敲大门，然后大声地喊了起来，"沃格斯先生——"

社长正准备离开时，友里惠看到二楼的窗帘轻轻地动了一下。

"好像在里面! 你好——"

---

① "13"在日本是一个不吉利的数字。另外，在日语中，"42"和"去死"谐音。

终于，屋里响起了一阵"咚咚咚"的声音。

伴随着一道刺耳的"吱——"，玄关的大门被打开了。眼前出现了一只眼睛细长的猴子。它歪着头，斜着眼，一脸瞧不起人的模样。

"是清洁工啊？进来吧。"

友里惠和社长愣在那里，面面相觑。

虽然这只猴子叫他们进屋，可是，这里面实在是乱得没有落脚的地方。在原本脱鞋的地方，直接堆放着两台电视机。电视机上扔着一双长靴。雨伞架上放着仿佛随时都会掉落的一个大油画框、一个玻璃花瓶以及一尊金色佛像。

友里惠好不容易脱了鞋子，却不知道应该把脱下来的鞋子放在哪里。这时，社长大大咧咧地直接将自己的鞋子挂到了墙上那个驯鹿头部标本的鹿角上。于是，友里惠也把鞋子挂了上去。

走廊看起来更乱。友里惠侧着身体，费力地穿过了这条走廊。

眼前简直就是一幅遭遇了火灾之后、带着各种家当逃难时的场景。因为这里和友里惠平时用来学习的那个房间非常相似，所以她的心里忽然产生了一种熟悉的感觉。

"这些要怎么处理？"易加斯社长满脸惊讶地问。

"什么怎么处理！"这位沃格斯先生粗声粗气地说，"我是为了什么才把你们叫过来的？快点儿给我打扫干净。把电视机放回它原来的地方，把油画框放到那个放画框的位置。听懂了吗？这不就是你们的工作吗？"

"好的，好的。我们当然是要收拾的。我只是在想，您或许对物品摆放的位置有一些特殊要求。"

"吵死了！我的要求就是，玄关要有玄关的样子，起居室要有起居室的样子，走廊要有走廊的样子。"

"好的，好的。友里惠小朋友，起居室就交给你吧。"

于是，友里惠走进了沃格斯先生家的那间起居室。

地毯上扔着吃了一半的馒头，上面爬满了蚂蚁。

垃圾桶周围堆满了垃圾。可是垃圾桶里什么也没有。看来这位沃格斯先生连垃圾桶的盖子都懒得打开。与其说它在丢垃圾，还不如说是在堆垃圾。

有两三本书掉落在桌子下面。脏衬衫被揉成一团，看上去好像已经成了一块抹布。

友里惠心想：这里比我的房间还让人感到震惊呢。

她一边在心里感慨着"人外有人，天外有天"，一边开始动手收拾了起来。

书架上的书有一半的书页都已经出现了翘边。书上面放着一堆唱片。有一件绿色毛衣的袖子从这些唱片中间露出了半截。

友里惠心想：虽然我也不好说别人什么，可是，竟然有房间可以这么乱。

一个小时过去了，整个房间几乎没有任何改变。仅仅把右边的东西搬到左边，友里惠就已经累得筋疲力尽了。这时，易加斯社长悄悄地来到友里惠身旁，贴着她的耳朵说："就到这里为止吧?"

看来，就连社长也吃不消了。友里惠点了点头。

趁着沃格斯正在浴室里冲澡，他们悄悄地离开了这座房子。

等他俩急匆匆地走了一段路之后，易加斯社长说："我想了想，觉得那家伙应该是个小偷。那里堆着的都是偷过来的赃物，并不是它自己的东西，所以才会扔得到处都是。如果是自己的东西，不可能那样随地乱扔。"

原来，那只猴子是个小偷啊。友里惠明白了。因此，社长才会放弃这份工作。不过，社长那句"如果是自己的东西，不可能那样随地乱扔"已经深深地刺进了友里惠的心里。

那我的生活是不是就像小偷一样呢？友里惠心想。

在傍晚清凉的河风中，柳树林开始愉快地摇来摇去，发出一阵"沙沙沙"的声响。

此时，月出西山。一钩弯弯的新月在空中散发着淡淡的光芒。

"好了，我送你回去，你赶紧跟我走。"

说完，易加斯社长便沿着林子里的那道斜坡快速地往上爬。

森林里漆黑一片，就连眼前的树木都已经难以辨别。金猴领着友里惠一刻不停地在昏暗的林子里不断前进。

突然，林子里出现了一道亮光，看起来就像是一只银色的眼睛。这道亮光正在不停地闪烁。

"那是什么？"

友里惠靠近一看，发现眼前出现了一棵巨大的野鸦椿。在距离地面一米左右的树干上，有一个啄木鸟留下来的洞，洞里有一个长条似的东西正在闪闪发光。

友里惠把东西从洞里拿了出来。这是一根长约五十厘米的银棒，上面有一排小洞。这看起来像是一种乐器。

"是长笛吗？"

这上面有十六个洞，看样子是一根长笛。可是，这只是一根光溜溜的银管，连手指按压的音键都没有，看起来又有点儿像横笛。

友里惠把这根笛子放到嘴边吹了一下。笛子里好像塞着什么东西，无法发出声音。

"这也是小偷沃格斯干的吧。它把自己偷来的东西藏起来了。"

"我可以拿走这个吗?"友里惠问。

易加斯社长陷入了一阵沉默。过了好一会儿，它才回答："也是，或许让你当作纪念品带回去也挺好的。"

过了一会儿，山路右下方忽然出现了青岚舍的灯光。

"青岚舍就在那里。你应该找得到了吧。"

说完，这只金猴便爬上树枝，消失了踪影。

几分钟之后，木屋里传出了一阵欢呼声。这天夜里，孩子们说话的声音久久没有停息。

友里惠向大家讲述了自己遇到的那只奇妙的金猴

的故事，她还拿出了银笛。这促使正广坦白了自己见到雾女的事情。

然后，雄三郎也兴奋地说出了二不像的故事。千加同样忍不住将昔日狼的事告诉了大家。

"我不认为你们说的都是真的。"久子说。

"那你说说看，这根银笛是怎么一回事？"友里惠反问她，"这里确实就是蜡笔王国。我现在就把易加斯社长的名片拿给你看。"

可是，友里惠没有找到那张名片。大概是在回程的路上不小心弄丢了吧。

"那你的意思是，这根银色的管子是雾女的长笛？如果是这样的话，那么我们不就要大难临头了吗？"茉里世害怕地说。

"就是。我们拿着这个东西，会被当成小偷的。雾女肯定会来报仇的。"正广附和道。

"哎呀，好可怕，好可怕。"

为了能够尽量远离桌子上的那根银笛，大家都把后背紧紧地靠在了墙壁上。

"老师，快想想办法吧。"所有人都叫了起来。

"好了，好了，那就交给老师来保管吧。"

说完，杉山老师抓起长笛走到了屋外。很快，老师便回来了，说："为了方便雾女找到，老师把笛子放在木屋外面的路上了。好了，现在已经是十二点了。快点儿睡觉，去睡觉。话留到明天也能说！"

# 9.
# 厚朴林的雾女

　　在森林小鸟们惊天动地的大合唱中，小木屋的清晨开始了。孩子们昨晚虽然兴奋地聊到了半夜，可是等到今天早上他们一睁开眼睛，就发现原来还有比他们醒得更早的。大家压低声音，在那里"叽叽咕咕"地聊着天。

　　"今天早上的小鸟好厉害啊，那个叫声简直就像是在放那种艺术烟花一样。"

　　"有日本歌鸲吧，有白腹蓝鹟吧，有灰胸竹鸡吧，有冬鹪鹩吧。那个声音是冕（miǎn）柳莺的吗？"

"我还听到了布谷鸟的叫声。你听。"

"这么说，那些锹形虫是狼帮你抓的？"

"不是狼，是昔日狼。"

"你说，那根银笛现在还在不在昨晚那个地方？"

"好吵啊，"杉山老师终于出声了，"还没到五点呢。"

老师虽然嘴上这么说，人却一下子从床上爬起来，站在了地板上。他去洗脸了。孩子们也一个接一个地叠好自己的毛毯，跟在了老师身后。

"好舒服的早晨啊。就像已经入秋了一样，好清爽的风。"

"老师，我可以去看看那根银笛吗？"久子问。

"等一下，等一下，大家一起去吧。"

"喂，茉里世！快点儿换好衣服过来！大家要一起去看长笛！"

几分钟之后，一群人吵吵嚷嚷地走出了木屋的大门。

"像在这样的清晨，你们也能明白什么叫作美味的空气了吧。不深呼吸一下，都感觉自己吃亏了呢。怎么样？大家感觉怎么样？"

晶太郎回答说："感觉身体里的血液一下子变新鲜了。"

"嗯，嗯，腿脚也变轻松了。精神百倍，我感觉自己现在的胃口好得可以吞下一头牛了。"千加说。

一群人边说边走出了大门。

"啊！银笛还在。"

大家发出了一种像是事与愿违似的失望的声音。昨天晚上，杉山老师把银笛放在了路上。此刻，这根笛子还在那里散发着清冷的光芒。

杉山老师拿起长笛，放在了自己的嘴边。只听见"呼——"的一声吹气声，长笛没有发出任何乐音。

"感觉这里面塞满了东西。"

"老师，借我试试。"

茉里世率先从老师那里夺过笛子。不过，她也没有吹响。

"让我试试。"

"让我试试。"

虽然孩子们昨天全都害怕得不敢触碰这根长笛，但现在又一个接一个地把笛子放在嘴边吹了起来。

"怎么回事？如果这是吹孔的话，那应该可以拆下来。"

"拆不下来啦。这就是一根管子。"

"借久子我试一试！"

说着，久子便将长笛放在嘴边，鼓起了腮帮子。

"轰——"

一道模糊的声音从长笛里漏了出来。

"不愧是阿久。"茉里世说。

在久子家，妈妈是一名钢琴老师，正在上初中二年级的姐姐是钢琴天才少女，曾经开过钢琴独奏会，久子则是今里小学钢琴弹得最好的一个孩子。不过，按照那个每周五都会过来给两姐妹上钢琴课的钢琴大师的说法，久子和她姐姐简直就是天壤之别，身为妹妹的久子将来在弹钢琴这件事上不会有什么造诣。

那位大师对久子说："你没有钢琴天赋，也没有干劲儿，所以没有希望。"

"不把这根笛子放到森林深处的话，雾女应该不会找过来的吧。"正广在那里小声地嘀咕了一句。

"那我们就去一趟正广说的那个地方吧。"杉山老师说。

"太好了！"

奇怪的是，这次谁也没有感到害怕。因为森林的清晨实在太舒服了，就连大家脚下那些杂草散发出来的气味，都变成了促使大家胃口大开的香料。

"对了，久子，你一边吹笛子一边走吧。雾女说不定会现身。"

"雾女现身了之后，你准备怎么办？"

"抓住她，让她上电视。"千加气势汹汹地回答。

"我们——来——归还——银色——长笛——

啰——"

忽然，杉山老师用一种奇怪的音调喊了起来。

"我们——来——归还——银色——长笛——啰——"

于是，所有人都扯开嗓子在那里喊个不停。正广朝自己之前迷路的绣球林的方向走了过去。

久子吹奏的长笛只发出了一些像是"呼哇——""哗噜噜"这样的声音，完全不成曲调。不过，这个声音还是清晰地钻进了这片绿色的森林之中。

"停！"杉山老师突然尖叫了起来，"那是什么！"

只见前方路面出现了一道鲜红的条纹。接着，有许多红彤彤的东西像潮水一样"哗啦啦"地涌了过来。整个地面就像是铺上了一层红毯。

"是螃蟹！"晶太郎叫了起来。

一大群螃蟹正一边挥舞着钳子，一边唱起了歌。歌声清晰地传入了大家的耳朵里。

红色大地，雾气笼罩

蓝天之眼，请你闭上

螃蟹之歌，响彻云霄

树木穿上，纯白布衣

一脸冰冷，向你挥手

欢迎来到，你的墓地

欢迎来到，你的墓地


"它们唱的是什么呀？"晶太郎问久子。

只听杉山老师一声大叫："大家！快逃！"

忽然，一股高达几十米的巨浪冲破森林上空，像一堵白墙似的朝着大家压了过来。

山里竟然会出现海啸！所有人一下子变得目瞪口呆。

原来，这是一团水雾巨浪，看起来就像瀑布飞溅的水花。

森林里的树木顷刻之间便消失在这片雾气之中。

这个白花花的水雾怪物一边打着旋涡，一边向所有人逼近。

"救命！"

大家发出凄惨的尖叫声，转身跑了起来。这种时候，谁还顾得上去活捉什么雾女啊！

久子想要扔掉手里的长笛，可是不知道为什么，握紧笛子的五根手指竟然像被冻住了似的无法动弹。

这时，有人用力地从久子手里抽走了长笛。身处浓雾之中的久子根本看不清对方的模样。不过，她很快就发现，那是晶太郎的手。晶太郎的气息通过久子的右胳膊传入她的体内，仿佛有一阵电流窜过她的心脏。那股力量大得让久子感到自己的手臂都快要被拉断了。

在什么也看不见、什么都听不到的状态下，所有人都在这片白茫茫的浓雾旋涡中拼命逃窜。他们撞上树干，被蔓草缠住脚踝，被菝葜的尖刺剐伤手臂，分不清东南西北地到处乱跑。

忽然，久子听到有个声音在说："不要逃，不要逃。"

她跟跟跄跄地停在了原地。

眼前出现了一根粗大的黑色木棒。久子吓得打了个寒战。还好，这不是怪物。这是一根又粗又壮的厚朴树干。此时，雾气开始逐渐消散。

啊——我逃掉了，久子心想。

雾气变得越来越稀薄。周围那些原本被包裹在丝棉般白雾中的树木，渐渐地露出了原来的模样。久子感到有一个妖怪似的东西出现在了自己身边。

久子带着哭腔地说："长笛可不在我身上。"

"确实是你吹响了长笛。"

雾女铂丝瞬间出现在久子的左边。她身穿一条白色丝绸长裙，一头耀眼的银发垂至腰间。腰带上的美丽宝石闪烁着五颜六色的光泽。不过，她的脸隐藏在一团白雾之中，个子比久子略高一点儿。

"把我的长笛交出来。"铂丝命令久子。

"我在逃跑的时候，把长笛扔了。"

"你说谎。"铂丝用一种低沉的可怕声音说。

不知为什么，久子下定决心，坚决不能说出晶太郎的名字。

"你是把长笛藏到什么地方了吧。如果不老实交代的话……"

"我真的把它扔了。"久子一口咬定自己并没有撒谎。

"算了，无所谓，反正我很快就会找到的。"雾女从鼻子里发出一种嘲讽似的冷笑，"话说回来，你也很讨厌自己的姐姐吗？"

看到沉默不语的久子，铂丝先是叹了一口热气，然后用一种与之前完全不同的语气说："只有厌恶亲姐姐的人才能吹响那根长笛。你确实吹响了它。所以，我对你非常感兴趣。喂，我们聊聊吧？如果我们一起敞开心扉，说一些自己姐姐的坏话，那不就可以消愁解闷了吗？我不会把你抓来吃掉的。你又不是花身鯻。

好了，你跟我来吧。"

雾女带头走在前面，将自己曼妙的背影留给了久子。

不知不觉，周围已经变成了一片厚朴林。在过去的一年时间里，久子都在观察这种像圆形大伞一样的厚朴叶。现在，她置身其中，内心的不安和恐惧便慢慢地消失了。

在一棵巨大的厚朴树下，放着一张白色的圆桌和两把相向的白色椅子。

"我经常来这里。好了，请坐吧。"

久子和铂丝面对面地坐了下来。久子完全看不见铂丝的左脸，因为那里被她呼出来的白色雾气遮住了。不过，铂丝右脸上的细眉毛、含笑的黑眼眸、带着酒窝的嘴角全都可以看得一清二楚。

"你知道这是什么树吗？"铂丝问。

"厚朴。"

"你很了解嘛。那你知道我为什么会选择在这棵树下休息吗？"

"……"

铂丝没有继续呼出雾气。她的左脸出现在久子眼前。因为烫伤的缘故，从眼睛下方到脸颊的整片皮肤都变得凹凸不平。她的左眼角也因此耷拉了下来，看起来就像在扯着眼皮做鬼脸一样。

"因为脸颊上受了伤，所以就选了这棵厚朴树。纯粹就是因为谐音①。我是不是很傻？"

听了铂丝的话之后，久子感到她应该是一个和自己年纪相仿的少女。

"我的故事很简单。白云的孩子沙耶和铂丝原本一直很幸福地生活在这片森林里。有一天，两人收到邀请，去花身鳉家里做客。因为花身鳉的疏忽大意，妹妹受到了严重的烫伤。花身鳉觉得这是自己的责任，于是就想和妹妹结婚。但妹妹拒绝了。后来，花身鳉

_____

① 在日语中，"脸颊受伤"和"厚朴"的发音非常接近。

娶了姐姐，他们非常幸福地生活在了一起。"铂丝说着将脸转了过去，接着，她站起来问道："来一杯冰牛奶怎么样？你一定渴了吧。"

铂丝在那棵巨大的厚朴树下弯下腰，随后便消失了身影。原来，那棵树的树干上有一扇门。

很快，铂丝就拿着装有冰牛奶的杯子和堆满了鲜红色草莓的盘子走了回来。她用一种和之前截然不同的开朗语气说："接下来，轮到你了。说一下你那个让人讨厌的姐姐呗。不要超过三百个字。"

"我的姐姐比我聪明，学习比我勤奋，钢琴弹得比我好，做事比我认真，性格比我直率，样子比我可爱，比我更像一个女孩子，比我更受欢迎，比我更受爸爸妈妈喜欢。还有什么呢？对了，字写得比我漂亮。"

"那她可真够让人讨厌的。"铂丝点着头说。

久子越说越气："我笑的时候是'哈哈哈'，而我姐姐会发出那种很可爱的'呼呼呼'的笑声。我微笑

的时候，会给人一种皮笑肉不笑的感觉，但姐姐展现出来的是那种笑眯眯的样子。我只会说'拜拜'，可姐姐会用让人印象深刻的、好听的声音说'再会'。"

"啊——这真是让人讨厌。接下来是提问环节。你那个令人讨厌的姐姐现在正在干什么？一、她正企图打开你的存钱罐，可惜没能成功；二、她正在翻找你的书桌抽屉，想要看看你有没有把低分试卷藏在里面；三、她正在装模作样地关心你，嘴里说着'不知道妹妹现在怎么样了'。你选哪个？"

"当然是选第三个。"

"嗯，真想狠狠地揪住她的头发，对吧？"铂丝深表同情地说，"下一个问题。你现在想对姐姐做什么？一、让她双手撑地，向自己赔礼道歉；二、剃光她的头发，把她丢进修道院；三、原谅彼此，友好相处。"

"我选第三个。"

"蠢货，蠢货，蠢货。"铂丝忽然大发雷霆，她的左脸颊上那只眼皮下翻的眼睛闪烁着刺眼的光芒，就像在喷火一样。久子吓了一跳。

"你必须从内心深处恨自己的姐姐，恨到牙痒痒的地步，"铂丝露出了妖怪的真面目，她用一种野兽嘶吼般的声音说，"无论是我，还是你，都只能恨自己的姐姐，只能和姐姐进行决斗。"

不过，铂丝的表情越是恐怖，久子的心里就越觉得：如果照这个妖怪说的去做，那就糟了，我的脸一定也会变得像她那么可怕。

久子的脑海里一下子浮现出姐姐亲切的脸庞。她在心里默默地祈祷："救救我，姐姐。"

久子心想：因为我讨厌钢琴，我任性，所以才让妖怪有了可乘之机。我不会照妖怪说的去做。救救我，姐姐。

"你现在就在这里宣布：我打心眼里厌恶姐姐。"铂丝逼着久子说。

"我打心眼里，"久子的眼中浮现出泪光，她一边想着就算被杀了也无所谓，一边说，"爱着姐姐。"

"蠢货，蠢货，蠢货！"

铂丝的银发就像一根根银针似的，全都倒竖了起来。

"有了！我要收这个孩子当我的徒弟，必须让她多吹吹那根银笛。对了！长笛！长笛在哪里？"

这时，旁边突然响起了一个声音："铂丝小姐！有你的信！"

斜挎着一个黑包的二不像正睁着一双金色的眼睛，提心吊胆地望着这边。久子不顾一切地叫了起来："二不像先生！我迷路了，请你带我走！"

说完，她便跑到了二不像的身边。

铂丝此时正仔细地看着二不像递给自己的那张明信片。那上面似乎写了什么重要的消息。从她的表情来看，她似乎已经瞬间忘记了还有久子这么一号人物。

"真是说曹操曹操就到。在四天后举办的奥运会上，花身鯻会作为组织委员会委员长宣读开幕宣言。好！我就在那里把那家伙给办了。"

"……"

二不像看向久子，用手指示意她躲进左边的树荫里。然后，它大声地说："这是挂号信，铂丝小姐，请您拿自己的印章过来敲一下。"

久子趁机一溜烟地跑进了厚朴林。二不像很快就用狗奔跑时的那种姿势追了上来。

"没事了，铂丝追不上来的，"二不像说，"因为我们要走一条秘密通道。"

"铂丝姐姐的心眼那么坏吗？"久子问。

"你是说沙耶？沙耶的心肠很好呢。那对姐妹关系好的时候，这座森林也发生过许多快乐的事情，"二不像一边摇晃着邮差包一边说，"因为沙耶的职责是制造云朵，所以她会弄出各种形状的云。比如，海鸥大编队、一万米高的城堡、百人舞会、三百五十五盏空中吊灯。"

"好美啊！"

"沙耶还曾经用云朵演过一出白雪公主的戏呢。"

"哦——那她现在不做了吗?"

"现在,只要沙耶做这个,铂丝就会立刻喷出雾气,让人看不见那些云朵。山上的树木被雾气包围,照不到阳光就很麻烦。所以,沙耶最近都没有在空中玩这种涂鸦游戏了。"

"哦——她们明明只要和好就行了。"

"都怪那根银笛,"二不像说出了一件令人意外的事情,"那根长笛原本是我妈妈的东西。为了感谢昔日狼治好自己的牙病,妈妈把长笛送给了昔日狼。没想到,花了一整天的时间也没能吹响那根笛子的昔日狼,竟然因此得了一种莫名其妙的热病,陷入了昏睡状态,嘴里的牙齿也全都松动了。所以它才换了一口假牙。在此之前,它还是一头正儿八经的狼,从那之后,就变成了昔日狼。昔日狼对这根长笛产生了一种恐惧感,于是就把长笛卖给了做旧货生意的金猴沃格斯。沃格斯对铂丝说,银笛和她的银发很配,硬是将这根笛子以高出收购价一百多倍的价格推销给了铂丝。但那之后没多久，铂丝就被烫伤了。原来那么亲密无间的姐妹变成了现在这个样子。"

说到这里，二不像停下了脚步。它用后脚站了起来，嗅了嗅周围的空气。

"她追过来了。我们要抓紧赶路了。"

二不像开始拼命地跑了起来。久子也跟着不要命地撒腿狂奔。很快，他们就跑到了一间涂着白漆的小屋前面。这间小屋看起来就像是一个放大版的电话亭。只见外面挂着的牌子上写着：

紧急通道：只限于紧急时刻使用

二不像将那扇沉重的木板门往上一抬。门打开后，里面出现了一个黑黢黢的洞穴。一股冰冷的强风"咻咻咻"地从洞穴下方吹了上来。

那是一条滑梯，一路通往黑漆漆的地下。

"来，把这块垫子放在屁股下面，要不然你的屁股会擦伤的。"二不像的声音被从洞底刮上来的风吹得有些模糊不清，"你先走，因为我比你轻。"

怪不得二不像能够如此冷静。这股迎面而来的强风应该可以轻轻松松地将没有重量的雾女吹飞吧。

久子沿着这条黑暗中的滑梯滑了下去，速度快得就像坐过山车一样。

有时候，地下水会像暴风雨似的打在脸上；有时候，又会听见某个地方响起巨大的瀑布声。

久子感到有些害怕。她回头看了看身后，那里一片漆黑，什么也看不见。二不像好像已经远远地落在了后面。

这时，四周开始由暗转亮，滑梯也变得平缓了起来。

岩洞一下子宽敞了。红蓝色的灯光亮得刺眼。久子进入了一个钟乳洞。

洞顶足足有一百米那么高。

鲜红色的石幔就像一面垂挂下来的窗帘，离地面有几十米高。石幔上褶皱丛生。

地上到处都是仙人掌似的石笋（含石灰石的水滴下来后形成的竹笋状物体）。

几十层的岩石梯田宽达一百米左右，让人联想起那种大型露天剧场的阶梯。梯田里的积水闪烁着蓝色、红色、琥珀色的光芒，就像是一块块抛了光的宝石。

洞顶变得越来越低。几万根石柱垂挂在那里，宛如一场即将落地的蓝色烟花。这里简直就像一个梦境。

"喂——喂——"

久子的声音在四周回荡。她感觉自己仿佛正在一头巨兽的肚子里散步。

接着，久子再次进入了那个黑黢黢的世界之中。这次下滑的速度比之前慢了一些，这反而让人感到害怕。周围突出的岩石将久子的整个身体紧紧地挤压在中间。当她开始感到胸闷气短的时候，眼前浮现出一块白色球体似的亮光。

幸好，那道亮光没有消失。它变得越来越大。终于，这场滑梯之旅结束了。

通道外面是一大片绿得发亮的森林。耳边传来了蝉鸣声。

很快，二不像也从这条通道中滑了出来。它对久子说："已经没事了。再走十五分钟左右，你就可以回到木屋了。"

# 10.
## 枫树林的巨熊

这是一处约有三十米高的塌方悬崖。晶太郎忽然来到了悬崖的斜坡上方。他感到双目眩晕，忍不住蹲了下来。然后，晶太郎两腿一伸，"扑通"一声便一屁股坐在了地上。

他不知道自己已经在森林里徘徊了几个小时。带着黄晕的夕阳即将落下西山。

这一路上，晶太郎一直靠着银笛占卜的办法来确定自己前进的方向。然后，他便来到了这里。

晶太郎心里想的是，既然这根银笛是那个坏魔女的东西，那它一定会将自己带到雾女铂丝那里。

当他第一次将长笛高高地抛到空中之后，晶太郎发现，重新掉在地上的笛子指向了唯一的一条小路。因此，他才会对银笛占卜这个办法深信不疑。

当时，晶太郎想要试试朝着长笛最讨厌的那个方向走，也就是说，他要朝着垂直于掉落在地上的长笛的那个方向走。

晶太郎想起杉山老师经常说过的一句话："只要有水，三四天是死不了人的。"此刻，他的嗓子渴得快要冒烟了。如果想要寻找水源，那么他应该往山下走。

于是，晶太郎先将银笛抛至空中。等笛子落地之后，与笛子呈垂直方向的两个方位中，他选择了一个看上去像是往山下走的朝向。走着走着，他就遇到了这处悬崖。

晶太郎捡起一块小石头，有气无力地朝着斜坡扔了过去。这片红褐色的斜土坡上立刻腾起了一堆闪烁着青黑色光泽的东西。它们正在那里翩翩起舞。

原来是一大群碧凤蝶。刚才，这里有几百只蝴蝶正聚集在裸露的红褐色土坡上吸水。

仔细一看，晶太郎发现那里还有一大群白色的菜粉蝶。

于是，他又扔了一块石头。这次，除了一堆随风起舞的"白色纸屑"，还有许多金凤蝶在另一处扑打着翅膀、贴着地面疯狂起舞。

晶太郎曾经在书里看到过，蝴蝶聚集在有水的地方是为了吸水降温。但是，他从未想过竟然会有几百只蝴蝶聚在同一个地方吸水。

那片潮湿的土壤既然能够吸引那么多蝴蝶，说明只要走下这片悬崖，就一定可以遇到河流或泉水。这个想法令晶太郎的心里重新产生了一股勇气。他从地上站了起来。

晶太郎开始顺着斜坡往下走。道路的前方和后方全是蓝色的、黑色的、黄色的、白色的蝴蝶。

那些三角形翅膀紧紧地依附在晶太郎身上。每当他往前跨出一小步，就会有许多蝴蝶从地上飞起来。

多亏了这些蝴蝶，让晶太郎暂时忘记了恐惧，他顺利地走完了这道接近四十度的陡峭斜坡。

眼前又是一片地势平坦的黑暗树林。地上到处都是一些倒下来的粗壮树木，树干上长满了绿苔。

久子那家伙应该已经逃掉了吧？晶太郎想。

忽然，他感到自己的内心开始隐隐作痛，仿佛被人拿针刺了一下。因为他想起了自己在去小木屋的路上，曾嘲笑过久子的短发，说完一句"对，非常奇怪"之后，撒腿就跑走了。

晶太郎心想：如果那个时候，我说一句"变得更漂亮了"就好了。不过，我这人天生不会撒谎。而且，平心而论，那个短发也实在让人说不出"漂亮"这个词。要是久子那家伙来我家剪头发就好了。

晶太郎的家是开理发店的。

啊！有水声。晶太郎立刻全神贯注了起来。他想要找到水的气息。不过，那只是一阵风声而已。

森林里的动物就像我现在这样四处徘徊，然后，运气不好的家伙就会死掉。刚想到这里，晶太郎又停下了脚步。

不是风。这次不是风。

晶太郎竖起了耳朵。他确实听到了水流的声音。

头顶突然出现了许多让人感到亲切的树叶。晶太郎抬起了头。

"啊，是大红叶枫，"晶太郎轻声说道，"这边的是五角枫。"

长着绿色树干的年轻树木是红脉槭。高达二十米左右的大树是色木枫。

这是一片枫树林。

晶太郎心想：一定是枫树在帮我。

水声变得越来越近了。晶太郎朝着水声的方向一路小跑了起来。

"哗啦啦，哗啦啦。"一条清澈的小溪出现在林间，发出一阵阵清脆的水声。晶太郎就像狗一样趴在那里，将脸埋进水中,"吧嗒吧嗒"地大口喝了起来。然后,他擦了擦脸,又洗了洗手和脚。

"啊——我活过来了!"晶太郎大叫了一声。

不过,虽然嗓子里的那股火被浇灭了,但是肚子忽地扁了下去。回头一想,他连早饭都还没吃呢。

"我得在这里找些吃的。可是,这里会有吃的东西吗?"

晶太郎在那里冷静地思考了起来:如果爸爸在的话,他一定会去钓红点鲑或马苏大马哈鱼。

"可我不喜欢吃鱼。对了,我可以找一些橡子或米楮的果实。不过,这里是一片枫树林。枫树的果实可没法吃啊。"

汗水消退之后,皮肤表面出现了一种微凉的感觉。腿脚也不感到那么累了。于是,晶太郎决定去探查一下周围的环境。他必须找到一个今晚睡觉的地方。

沿着河岸往上游走了一段时间之后,眼前出现了一大片堆满岩石的地方。

"啊！那里不错。"

晶太郎一下子就看到了一个圆形的岩洞。看样子，那个岩洞是以前河水充沛的时候，被水流带过来的石头冲击而形成的。晶太郎一边像挥鞭子似的挥舞着手中的那根银笛，一边蹦蹦跳跳地跑了过去。

他穿过岩洞、跑出去差不多五米远的时候，一道尖叫声从他的嘴里传了出来："咦？是金鱼！"

这里竟然有一个装满了金鱼的水池。这个用岩石围起来的水池一共分为上中下三层，用的是从山里引过来的清水。这肯定是一个人工修造的池子。

晶太郎目不转睛地望着金鱼。这些全都是非常漂亮的红白色扇尾金鱼。仔细一看，晶太郎发现原来这些金鱼被明确地分成了三个等级。最上面那一层的金鱼颜色最鲜红，背鳍高耸，尾鳍坚挺优美。中间那一层金鱼的品质略次一些，下面那一层的最差。每一层的金鱼都多达几千条。

"我朝着山下走了那么久，应该已经走到有人居住的地方了吧。总之，只要守在这里，那么卖金鱼的人肯定会来。就算今天不来，明天也会来。就算明天不来，后天也会来。"想到这里，晶太郎的心里轻松了许多。可是，他感到更饿了。

"我总不能吃金鱼吧。"

话说回来，眼前这一大片枫树林等到秋天之后，不知道该有多么漂亮！锦缎似的红黄色枫叶映照在泉水上。用这种泉水养出来的金鱼一定会变得像枫叶精灵那样鲜红艳丽。

晶太郎从来没有见过这么漂亮的金鱼。

此刻，整座森林笼罩在一片灰蒙蒙之中。河流也变成了暗灰色。

晶太郎走进岩洞，在里面平躺了下来。忽然，外面传来了"咔嚓"一声。晶太郎立刻像野兽似的从地上弹跳了起来。他悄悄地往外一看，发现有奇怪的影子停在了金鱼池边。一只，两只，三只。

"呱！"

是夜鹭在叫。夜鹭想要捉金鱼。

晶太郎马上跑出了岩洞。夜鹭"吧嗒吧嗒"地拍打着翅膀，牢牢地停留在附近的枫树树枝上。它们没有逃走，看来是准备等到晶太郎离开再飞下来。

晶太郎抬头望向了夜空。虽然只能看到河流上方的一小片天空，不过他仍然见到了北斗七星的七颗星星和天龙座的后半部分。

"要不我就在这里一边看星星，一边守护金鱼吧。"

晶太郎说着便坐在了金鱼池边。他对夜鹭说："我会让你们也变得跟我一样饥肠辘辘的，等着吧。"

一只夜鹭叫了一声："噶！"

"我只要一看起星星来，两三个小时一下子就没了。"

几个小时之后，晶太郎忽然惊讶地发现，正在不断下移的北斗七星散发出了异常明亮的白光。这种亮度甚至远远超过了夏季夜晚最亮的天琴座的织女星。

很快，北斗七星勺柄附近挂下了一条发出朦胧白光的绳子一样的东西。

晶太郎瞪大了眼睛。

"是一个'H'。"

那里出现了无数个首尾相连的"H"。那条东西正在越变越长。

眼看着那个长度就要接近一条铁路轨道了。

"那不是绳梯吗?"

散发着白光的绳梯底部滑过黑色森林的树梢,就连河对岸的林子里都泛起了朦胧的白光。

有一个又黑又圆的庞然大物正沿着这条绳梯往下爬。它一只手拎着个什么东西,另一只手握住白光绳梯,朝着地面慢慢地爬了下来。

"咔嚓咔嚓。"这是河对岸林子里的树木的摇晃声。

那个黑色的庞然大物出现在了对岸。然后,它"哗啦哗啦"地走进了河里。

晶太郎吓得打了个寒战。那是一头巨熊。

只见巨熊左手拎着一个水桶,像人一样站着从河

里蹿了过来。

晶太郎心想：我要拿上一根棍子之类的东西才行。

他跑进岩洞，将银笛紧紧地握在手中。当然，这根笛子根本不可能成为武器。

虽然晶太郎也知道自己完全不是那头巨熊的对手，但他现在必须拿点儿东西在手里才行。

就在这种令人全身僵硬的恐怖之中，晶太郎的大脑还在那里拼命地运转：对了，是那头巨熊养了这些金鱼。这里果然就是蜡笔王国。那头巨熊是从大熊座的北斗七星上下来的。也就是说，它不一定会马上朝我扑过来。

两眼发光的晶太郎就像是一只被人围困的野兽，站在那里努力地思考：和对方进行决斗，这是最愚蠢的行为；要么逃走，要么躲在某个地方暗中观察，要么就听天由命，直接从洞里走出去算了。

如果是在平常体力充沛的时候，腿脚利索的晶太郎早就一溜烟地先走为上了。

可是，他现在已经饿得晕头转向，无奈之下，只好选择了最后一个办法。

当晶太郎从岩洞里走出来的时候，那头巨熊就快要上岸了。

"晚上好。"晶太郎声音颤抖地打了一声招呼。

"晚上……好。"巨熊一脸惊讶地回了一句。

"你是卖金鱼的吗?"此时，晶太郎的声音已经恢复了正常。

"我不是卖金鱼的。我只是出于兴趣爱好养了这些金鱼，不会拿去卖掉。"

"话说回来，这些金鱼可真漂亮啊!"晶太郎的这句话明显是在拍巨熊的马屁。巨熊开心地抿嘴一笑，说:"因为它们吃的是特别的饲料。我每天晚上都会从银河那边运饲料过来。给你看看吧?"

晶太郎朝巨熊递过来的水桶里一看，发现有一大堆像细线一样的小鱼正在桶里游来游去。一共有三种小鱼，发着蓝光的小鱼、发着红光的小鱼和发着黄光的小鱼。当这些小鱼聚集在一起的时候，看起来就像一个大花蕊。

"红鱼、黄鱼、青鱼。如果不用这些鱼喂金鱼的话，金鱼就不会长出那么好看的颜色。"

说着，巨熊便走向了金鱼池。晶太郎也跟了过去。

"夜鹭那些偷鱼贼今天没来啊。"

"因为有我守在这里。"

听晶太郎这么一说，巨熊又开心地微笑着说："那要谢谢你了。"

巨熊站在池子旁边，"啪啪啪"地拍了拍巨大的熊掌，招呼金鱼们过来。然后，它用一种非常温柔的声音唱了起来。


吃吧，吃吧

我可爱的金鱼孩子们

为了你们，爸爸从银河

水晶瀑布上面的浅滩那里

捞来了青色鱼鱼


吃吧，吃吧

我可爱的金鱼孩子们

为了你们，爸爸从银河

鹊桥中间的沙洲那里

捞来了黄色鱼鱼


吃吧，吃吧

我可爱的金鱼孩子们

为了你们，爸爸从银河

白鸟岩的深渊那里

捞来了红色鱼鱼


　　巨熊一边唱，一边将桶里三分之一的鱼倒进了最
下层的那个池子里。金鱼们开心地大口大口吃了起来。
但不知道为什么，它们只吃红鱼，不吃青鱼和黄鱼。

巨熊悲伤地说："因为你们挑食，所以颜色才会不够好看。"

接着，它将桶里剩下的小鱼往中间那层池子里倒了一半。这一层的金鱼虽然吃了红鱼和青鱼，却不吃黄鱼。

"如果把黄鱼也吃下去的话，你们就能像最上层的金鱼那样笔直地挺起鱼鳍。"巨熊嘀咕了一句。最后，它把桶里剩下的饲料全都倒进了最上层的水池里。那一层的金鱼来者不拒，争先恐后地吃起了红色、青色和黄色的小鱼。

"它们的胃口不错吧。"巨熊露出一脸满意的表情说，"第一层的金鱼的品质是最好的。因为它们懂我，知道我想让它们把小鱼全部吃完。这不是说它们就没有偏好，而是它们心地善良，想让我高兴。"

晶太郎的胸口就像被什么刺了一下，隐隐作痛起来。他想起每次爸爸钓河鱼回来时，自己都只是满脸嫌弃地勉强吃上一口。

"看样子，你也饿坏了吧？"巨熊转过头来对晶太郎说，"我现在去河里抓一些红点鲑，烤给你吃。你怎么会出现在这种地方？是不是迷路了？"

"是的。"

"那你今晚就睡在这里吧。等到了明天早上，啊，现在已经过了半夜十二点了，等天亮之后，我想办法送你回去。"

巨熊刚踏进河里没多久，就抓到了差不多十条鱼，然后把它们丢进空水桶里拎了回来。这些鱼露出白白的鱼肚，正在桶里活蹦乱跳。

巨熊选了一块合适的圆石头，将石头放在河滩正中间，然后在石头周围堆了许多枯树枝和枯叶。接着，它把一些更粗的树枝架在石头旁边，用火柴点了火。

二十多分钟之后，石头烧好了。巨熊将那些闪闪发亮的河鱼平放在这块烧热的石头上。只听见"嗞"的一声，河滩上立刻升起了一股香气。晶太郎平时非常讨厌这种烤鱼的味道，可是现在觉得这个味道闻起来真的十分美味。

"吃吧。所有鱼都烤熟了。你多吃一点儿。这是珠星三块鱼。"

晶太郎捏住巨熊递过来的鱼的尾巴，一边留心鱼刺，一边吃了起来。这份热腾腾的美食中确实有珠星三块鱼的味道。

"接下来这条鱼可是很好吃的哦。这是香鱼。"

晶太郎吃了这条香鱼。这份热腾腾的美食中确实有香鱼的味道。

"这是星康吉鳗。"

晶太郎拼命地吃了下去。这确实是星康吉鳗的味道。

"很好吃吧？"

"嗯，嗯。"

晶太郎一边点头，一边在心里琢磨着：好想明天就跟爸爸一起吃鱼呀。

吃完饭之后，晶太郎又去金鱼池看金鱼了。这时，晶太郎已经完全恢复了精神。他一边哼着歌，一边挥舞着那根银笛，一会儿把它当作棒球棍，一会儿又把它当作一把竹剑。突然，巨熊大喊了一声："扔掉！扔掉！把那根长笛扔掉！"

这声音里透露出一种不同寻常的感觉。晶太郎二话不说，马上就把长笛扔了出去。"扑通"一声，银笛掉进了最上层的金鱼池里，在浅浅的水底泛出清冷的光泽。

"太好了。那根银笛肯定就是被魔女诅咒过的银笛，"巨熊低声地说，"在我的星座，也就是大熊座旁边，有一个天猫座……"

接下来，巨熊给晶太郎讲了这么一个故事。

天猫座上住着一对双胞胎魔女。姐姐叫吉尔德，妹妹叫哈尔特。这对双胞胎的长相有些缺陷。吉尔德只有右眼和右耳，哈尔特只有左眼和左耳。鼻子属于哈尔特，嘴巴则属于吉尔德。

因此，魔女家族代代相传的银笛就归姐姐吉尔德所有。因为哈尔特没有嘴巴，无法吹奏笛子。吉尔德会拿着这根长笛玩，一会儿将乌龟变成兔子，一会儿又将石头变成豆腐。到了晚上，她就把笛子交给妹妹哈尔特保管。因为哈尔特的鼻子特别灵敏，如果有东西靠近，她会立刻发现。

天猫座里有一只野猫很想得到这根银笛。这只野猫非常崇拜狗。它希望自己也能像狗那样汪汪叫，或者像狗那样将尾巴摇到快要断了。

一天晚上，这只野猫终于从哈尔特的胳膊下偷出了银笛。然后，它放下那架用绳子编织的天梯，准备逃往蜡笔王国。

当魔女吉尔德从妹妹那里得知长笛被偷走的消息时，气得大发雷霆。

"你这个眼珠子放着到底有什么用！"

说完，吉尔德便将哈尔特脸上唯一的那颗左眼珠子挖了出来，涂上施加了咒语的秘药，命令这颗眼珠子道："追上银笛，钻到笛子里去！不要让我的长笛再次发出声音!"

然后,吉尔德跨立在银河上,对准地面,"嘿"的一声,将妹妹的左眼用力扔了出去。

哈尔特的左眼好不容易找到了那只刚从绳梯上爬下来的野猫,立刻钻进笛子里,将魔法封印在了里面。当时,野猫的身体正在从尾巴开始一点点地变成狗的模样。变到脖子这里的时候,哈尔特的眼珠子刚好钻进了长笛。因此,变身结束了。这只野猫全身只有那张脸还是猫的样子。没过多久,这只野猫就生了一个孩子。这个孩子就是只有一张猫脸的二不像。

不过,哈尔特的眼珠子同时也诅咒了凶残的姐姐吉尔德。因此,只有对姐姐怀有恨意的人才能吹响这根长笛。笛声会唆使吹笛子的人更加痛恨自己的姐姐。

"总之,谁也不知道哈尔特的左眼究竟在想什么。拿着这么一根长笛实在是太危险了。好了,那根长笛现在去哪儿了?"

晶太郎伸手指向了最上面那一层的金鱼池。那根银笛正在水底散发着清冷的光泽。可是，这究竟是怎么一回事呢？刚才那些宛如一朵朵镶嵌在池中的鲜花似的金鱼全都突然不见了。

"嗯，哈尔特那个家伙把我的金鱼叫进长笛里了。"

巨熊跳进水池，将银笛捡了起来。这究竟是一种怎样的魔法，能够将几千条金鱼藏进这么细小的一根长笛管子里？

"嗯，我的金鱼确实就在这里面。质量最好的那群金鱼。"

巨熊将长笛放在嘴边，使出浑身的力气吹了起来。长笛发出了"嘎吱嘎吱"的声响，似乎马上就要四分五裂。

吹第二次！吹第三次！

"轰——"

长笛发出了一声巨响。哈尔特的左眼朝着夜空高高地飞了起来。同时，有红色的东西从长笛的一头"哗啦啦"地流进了池子里。这些东西很快就恢复了原来的模样，金鱼们又开始活力十足地在水里游来游去。

"好了，这么一来，那些被银笛诅咒的生命也能够重新开始了。"

巨熊将银笛放在嘴边。这次，它缓缓地吹了起来。笛子发出了一种清亮、温暖、扣人心弦的声音。

这道清晰悦耳的笛声一直传到了森林深处。

很快，一团淡淡的白色夜雾笼罩在巨熊和晶太郎站立的那个金鱼池上。

雾女铂丝的朦胧身影出现在他俩面前。

"这根长笛不能还给你，"巨熊用一种如神明般庄严的语气说，"我会亲手交还给魔女吉尔德。铂丝啊，你心中那股对姐姐和姐夫的恨意现在也没有了吧。你的不幸是由哈尔特的诅咒造成的。你脸上的伤痕以后应该也会好起来的。"

"好的。"铂丝坦率地点了点头。

"对了，我有件事要拜托你。请你带这个孩子回到他原来的地方。现在已经过了凌晨一点，最好抓紧时

间，这个孩子已经很累了。"

"那我们立刻骑雾马过去吧。"

说完，铂丝的口中开始源源不断地吐出白雾。这些雾气凝固成了一匹高大的白马的形状。

"那么，祝您安康，巨熊大人。"

铂丝打完招呼后，便轻轻松松地跨上了雾马。她左手拎起晶太郎，将他环抱在身前。

雾马高高地飘浮在枫树林上面的那一片夜空之中。

"啊，绳梯还在。"

晶太郎伸手指向了巨熊爬下来的那架白色绳梯。散发着亮光的绳梯正慢慢地消失在西边的天际。绳梯上方的北斗七星即将落入森林的另一边。

"大家一定在担心我。"晶太郎嘀咕了一句。

"尤其是那个短头发的女孩子。"铂丝打趣地说。

# 11.
# 仙人掌林的鼹鼠

　　茉里世在一根绑着红布条的鸡桑树的树枝下面蹲了下来。那里埋着一个装过速溶咖啡的空瓶子。

　　"呀！里面有恶心的东西。"

　　把腐肉放进瓶子里，就可以抓到斑步甲、步行虫、埋葬虫这些在地面觅食的甲虫。

　　虽然茉里世讨厌虫子，但她今天被分派了早班的活儿，因此必须把这个瓶子挖出来带回去。

　　瓶子里竟然有三只长着红色脑袋的虫子。暗黑色的背部给人一种毛骨悚然的感觉。茉里世根本不想触碰这个瓶子。她先做了一次深呼吸。

"嘎——嘎——唰——"

头顶响起了一种奇怪的声音，好像有什么东西正在快速地从风中飞过。

"咚咚咚。"树叶在剧烈地摇晃。"轰隆隆。"这是大地在震动。

有一个像炸弹一样的东西猛地落在了附近。

茉里世本能地迅速趴在了地上。不过，这之后只听见鸟叫声，并没有发生其他奇怪的事情。茉里世战战兢兢地抬起头，从地上站了起来。

那是什么？刚才那个是什么声音？

前方十米处右侧的草丛看起来像是被什么东西压扁了。

有一块圆圆的石头掉在了那里。这块比西瓜还要大上一圈的大石头压着野草，下半部分已经陷进了泥土里。

啊！是陨石！有陨石从天上掉下来了！

大气层将这块石头磨成了一个圆溜溜的球形。

一群白鹭飞了下来，发出一阵"扑棱扑棱"的振翅声。它们将石头和茉里世围在了中间。

"对不起。"

"你没事吧？"

"你没受伤吧？"

白鹭们纷纷询问茉里世。

"这块石头不是陨石吗？"

听茉里世这么一问，白鹭们全都笑了起来，说："这是举重时用的石头。我们刚刚在练习举重。因为奥运会马上就要开始了。"

"啊！"

原来，鸟类的举重比赛就是由三十只鸟把网兜里的石头拉到天上去，然后再根据飞行的高度来决定胜负。

"也就是说，这是一起事故啰，"茉里世不悦地说，"你们当心点儿啊！我都要被你们吓得性情大变啦。"

“网兜破了个洞。”白鹭们解释道。

“话说回来，你的体重是多少公斤？”一只看起来像是领队的白鹭一边目不转睛地盯着茉里世，一边问。

“体重？我的？三十九点一公斤。你现在问这个干吗？”

“身上衣服的重量就当是一公斤以内吧。这不是刚刚好嘛！”

白鹭们自顾自地点着头，细长的白色脖子在大幅度地上下摇摆。

“你说什么刚刚好？真让人感到不舒服。我完全搞不懂你们究竟在想些什么。”

“我的意思是，举重比赛规定的石头重量是四十公斤，刚好和你的体重一样，”领队的白鹭忽然命令其他白鹭说，“大家坐在地上求她！”

于是，白鹭们全都弯下膝盖，一屁股坐在了地上。它们对着茉里世深深地鞠了一躬，把嘴巴放在地上说：“拜托你了，请你代替石头坐进网兜里吧。”

"别开玩笑了!"茉里世跳了起来,指着那块深陷土中的石头说,"那是石头啊!因为是石头,所以就算是从高空'扑通'一声掉下来,也会乖乖地躺在那里。如果换作是我的话,会怎么样?你说,会怎么样?"

"就算换成了你,现在也会乖乖地躺在那里。"一只白鹭回答。

"想都别想。我要是变成了鬼,可不会放过你们。"

"请你好好考虑一下我刚才的请求,当我们举重练习的那个重物吧,"领队的白鹭说,"如果仍用石头练习,那我们就必须先修补网兜。可是,我们没有时间了。现在需要一个可以让我们继续使用那个破网兜的重物。我们找到了,并且还是符合规定的四十公斤。"

其他白鹭也纷纷表示:

"绝对不会掉下来的。"

"只要把脚脖子伸进网眼里,两只手抓住网兜,就不会掉下来。"

"石头会掉下来,但人不会。"

"只有不在乎会不会掉下来的东西才会掉下来。"

"只要心里想着不能掉下去，那就不会掉下去。"

"拜托你了。"

这个时候，茉里世改变了主意。因为其他六个小伙伴都已经在这片森林里拥有了不同寻常的经历。那些奇遇不仅可以当作这次旅行的谈资，还能成为一生的回忆。现在，这个机会不就轮到自己了吗？

茉里世心想：鼓起勇气，听天由命吧。今天是在森林里生活的最后一天。如果失去了这个机会，那就只有我和大家不一样了。

"只要我说'放我下来'，你们就一定会放我下来吗？"茉里世再三确认道。

"会，会。"领队的白鹭连声回答。

"说一个'会'就可以了。"茉里世说。

白鹭们将网兜平铺在地上。原来，那上面已经断了三处麻绳。

"你脸朝下趴在网兜上，将手脚伸开来。对，对，就像一只死青蛙那样。"

"'死'这个字是多余的吧?"

"对,对。"

茉里世将手肘以下和膝盖以下的身体全都伸到了网眼外面,然后确认了一下自己的安全问题。白鹭们站在了各自的位置上。

"一,二,三,起!"

"哇!飞起来了,我飞到天上了。"

眼睛下方的世界正在变得越来越宽阔,地上的东西不断地变小。茉里世已经无法改变身体的朝向了,她也看不到头顶的那群白鹭。原本高低不平的树木渐渐地全都融入了一片绿色之中。

大海在哪里呢?茉里世一边想,一边环顾四周。她发现自己的视野里只有一片绿色,地上也没有像城镇一样的地方,仿佛自己正坐着热气球在广袤的亚马孙丛林上空飘行。

白鹭和茉里世的小小影子从那片散发着深绿色光

泽的树海上飞驰而过。

"现在有多高了？"

"只有三百五十米。"从头顶上方远远地传来白鹭大声的回答。

这时，有一股自东向西的气流迎面而来，猛地将白鹭和茉里世吹了出去。

"加油！加油！"耳边响起了白鹭们相互打气的声音。

茉里世感到身体变得越来越冷。全身的重量将她的脸狠狠地压在网兜上，整个脸颊都快要被压出网格状的痕迹了。她想调整一下视角，可是四肢都伸在网兜外，而整个身体就像被绑在了一根柱子上。这让她害怕得不敢转头。

茉里世觉得有些呼吸困难。她已经顾不上去欣赏下面的风景了。于是，她大叫了起来："放我下来！放我下来！"

接着，他们又快速地往前飞行了一段距离，然后便慢慢地朝着森林里的那些树梢靠近。白鹭们正在老老实实地往下降落。

茉里世看到了一处像褐色山岗一样的地方。那里看起来就像是一片荒地。

"那是什么地方？"

白鹭们用实际行动代替了回答。它们准备降落在那片土地上。

在那片褐色的大地上，混杂着一些灰绿色的物体。

"那是动物吗？看起来也有点儿像是仙人掌。"

茉里世说对了。那是一片圆扇仙人掌，看样子倒像是一群正在跳舞的章鱼。另外，还有高大的三角柱仙人掌。

"等一下！不要降落在仙人掌上面啊！我可不想变成刺猬！"

在茉里世的大喊大叫中，白鹭们降落在了那片干燥的灰土地上。

其实，就算茉里世那个时候没有喊"放我下来"，白鹭们的体力大概也已经到达了极限。现在，它们就像一张张皱巴巴的废纸，一言不发地平躺在地上喘着粗气。

"休……息，"领队的白鹭说，"下一次训练是上午十一点。"

"啊？那我们现在都要待在这里吗？"茉里世反问了一句，"伤脑筋，我可是要赶紧回去的啊。"

"你就利用这段时间去参观一下仙人掌林吧。对了，要不你们谁带她去弗洛先生的工作室参观一下吧？"

"比起这个，最好有谁能帮我完成作业。"

茉里世把忽然闪现在脑海中的想法说了出来。因为她想起了久子、友里惠、千加、晶太郎、正广，还有雄三郎，大家都在属于自己的那片林子里完成了暑假作业。

"作业？那弗洛先生简直就是不二人选。它画画好，又是职业雕刻师。如果是手工作业的话，直接交给它就行了。"

"不是这种作业啊。"茉里世一边说，一边跟着一只白鹭走上了那片布满岩石的平原。在这片看起来像是亚利桑那州沙漠似的平原上，长着一些稀稀疏疏的圆扇仙人掌和三角柱仙人掌。

活力十足的仙人掌们正在用一种"呼哧呼哧"的声音热火朝天地唱着歌。


　　早上刮风沙，傍晚暴风雨

　　狠狠揍我一身包

　　必须要自卫

　　长出针，长出刺

　　哎呀，哎呀


圆扇仙人掌唱完之后，三角柱仙人掌接着唱道：


　　无论怎么伸长，都是废物一个

原想长成那擎天大柱

却成了松鼠的瞭望台

低声哼起走调的小曲

秃秃的头顶升起月亮

嘿哟，嘿哟


在靠近地面的地方，一些像藤壶那样紧紧依附在岩石上的仙人球唱了起来：


即使过了一千年，一万年

我们也要继续蹲在这里

不想站起来


"弗洛先生是一位很厉害的艺术家，无论谁问它问题，它都只回答'嗯嗯'。不过，它是非常容易相处的。"

白鹭的话音刚落，眼前便出现了一座用圆木搭建的建筑物，看上去非常结实。窗玻璃上用红色和黄色的油漆画着小鸟、野兽和葡萄，还写着"弗洛工作室"这么一行字。

弗洛先生虽然上了年纪，但仍是一只精力充沛的灰鼯鼠。此时，它正活力十足地在工作间里跑上跑下、飞来飞去，给一根图腾柱上色。

"这是奥运会会场用的吗？"白鹭感叹道。

"嗯嗯。"

"这边的徽章设计，真是杰作啊！"

徽章被裱在一个装着银色衬纸的画框里。看来，这是弗洛先生的得意之作。茉里世也一眼看中了这枚树叶形状的徽章。用七宝烧工艺烧制的颜色非常漂亮，叶子的形状也很可爱。真是一件经典的艺术品。

"这是此次大会的奖牌吗？"

那里制作了一大堆和徽章同样颜色及样式的奖牌。每个奖牌上都挂着一条长长的丝带。

"这是奥运会奖牌吧？"

“嗯嗯。”

弗洛先生仍然在那里忙个不停。“老师，”茉里世忍不住喊了一声，然后问道，“是这样的，我对朋友撒了谎。可是，我没法告诉对方我撒谎了，你说我该怎么办才好呢？”

弗洛先生原本跳来跳去的身体一下子停了下来。它睁大眼睛，惊讶地盯着茉里世。

“虽然我想告诉对方我说的是假的，想向她道歉，可是，我做不到。因此，我心里感到很苦恼。我的作业就是要解决这个问题。”

“嗯嗯。”

“虽然我心里一直想着‘告诉她，告诉她’，可是，当我看到她的脸时，又说不出来了。”

“嗯嗯。”

“现在，我已经没法告诉她我之前说的是假的了。如果能再早一点儿说就好了。”

“嗯嗯。”

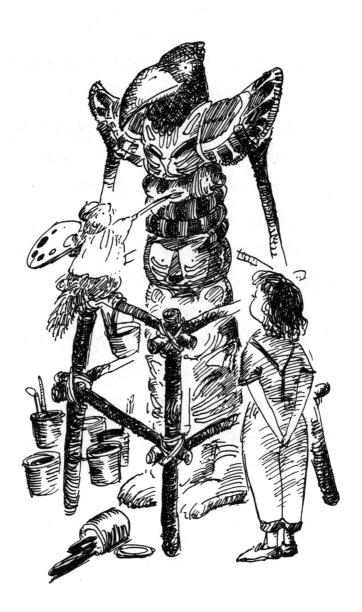

这时，弗洛先生又开始行动起来。不管茉里世后来说了什么，它都没有再听进去。

只见这位艺术家在那里忙碌地飞来飞去，一会儿紧紧地抱住图腾柱顶端的那个脑袋，一会儿削削柱子背面，一会儿又给柱子的根部涂上浅蓝色的颜料。

"全都白说了。"

弗洛先生最终也没能帮上什么忙。茉里世又变成白鹭们用来练习举重的重物，从森林上空飞了回去。

大家迎来了木屋生活的最后一个夜晚。

"今天晚上开个特例，推迟到十一点吹灯，"杉山老师说，"因为煤油灯的油还剩下很多。"

于是，大家来到二楼，又开始兴致勃勃地闲聊起在这座神奇的森林里遇到的那些事情。

就在这个时候，楼下响起了一阵响亮的铃铛声："丁零。"

"是不是有人来了？"杉山老师问。可是，板仓老师就在这里，七个孩子也都到齐了。

大家小心翼翼地从窗户往下望去，没有发现任何奇怪的地方。不过，刚刚确实有人敲响了门口那个铃铛。

"会不会是雾女来了？"久子说，"我去看看。"

"大家一起去吧，"茉里世提议，"大家一起去就不会害怕了。"

板仓老师打头阵。大家一起从那条狭窄的楼梯上相互簇拥着走下来，穿过点着煤油灯的餐厅，步出了玄关。那里空无一人。

秋虫正在屋外鸣叫。铃铛掉在了地上。

杉山老师将铃铛捡了起来。只见下面放着一个白色四角形的东西。那是一个信封。

"果然有谁来过了。"

杉山老师回到了餐厅，准备给大家念这封信。

"信封凹凸不平，里面有东西。"

打开信封一看，原来里面装着徽章。那是杉山老师让他弟弟帮忙制作的七枚植物形状的徽章。此外，还有一张折成四折的信纸。

> 　　我悄悄地拿走了这些徽章。请大家原谅。因为这些徽章做得实在太精美了，我就想参考这些徽章来设计奥运会奖牌。于是，我把它们拿回了工作室，准备就放一天时间。可是，我的徒弟们看到这些徽章后，误以为那是我的作品。我迫于无奈对它们撒了谎。然后，就没能归还这些徽章。时间就这么一天天过去了。这下，我回答了今天早上那个女孩子关于作业的问题。我感到很惭愧。
>
> 　　现在，我把这些徽章如数归还，并向各位道歉。请大家原谅我。
>
> 　　　　　　　　　仙人掌林六街区六街
>
> 　　　　　　　　　　　鼯鼠弗洛

"啊！原来还有写信这个办法！"茉里世忽然喊了起来，"对了，我能写！我能写！现在就能一口气写完。我就写：'对不起，小文，我对你撒了谎。我在不知不觉中，默认了你的误解。原本我想今天当面跟你说这件事的，可是因为要参加集训，无法和你见面，所以我就给你写了这封信。'喂，千加，千加，你有没有带信纸和信封？"

"我带了。"久子说。

"阿久，谢谢。我现在就去做作业。"

其他人继续留在食堂里看徽章，传阅鼹鼠弗洛的信。茉里世跑到二楼，开始给电子琴培训班的朋友饭田文子写信。

杉山老师在楼下做了这么一番推理："这下子，徽章也回来了。我可以把这些徽章分给大家了。剩下还没有出现的，就只有老师用来玩套圈游戏的那些塑料圈。那五个消失了的塑料套圈现在怎么样了呢？从塑料套圈的颜色来分析的话，在这里的两个塑料套圈分别是白色和粉色，那么消失的就是红色、蓝色、黄色、黑色和绿色。这不正是奥运会五环的颜色吗？也就是说，在七座森林的某个地方，老师的塑料套圈正被当作奥运会五环挂在那里呢！这……这真是令人高兴啊！"

# 12.
# 来自空中的告别

终于到了要向蜡笔王国告别的早上。

大家的行李已经装上了吉普车。

板仓老师正在确认孩子们有没有忘带东西，屋子里有没有被弄脏的地方。最后，他还要锁好门窗。

孩子们和杉山老师正在大门附近走来走去，等板仓老师出来。

忽然，正广伸手指向了天空。

"那朵云很有意思，正在不断地变化形状。"

"啊，变成了狗的样子。"

大家抬起头，远远地眺望着那片清风拂过的蓝天。

　　"那不是二不像嘛!"雄三郎叫了起来。只见那朵白云真的变成了二不像的样子，在那里高高地举起了一只手。

　　"梯子，是云梯。"

　　云梯下面出现了一个又大又圆的云团。接着，这个云团长出了脑袋，伸出了脚。晶太郎拼命地叫道："那是巨熊! 你们看，它手里拿着的是水桶吧! 那就是巨熊!"

　　"你们看这边!"友里惠也喊了起来，"那是金猴易加斯，还有鳗鱼店的大叔。"

　　各种精彩纷呈的白云图案正在不断地出现在整片蓝天之中。

　　啊! 昔日狼出现了。旁边是一些小圆点。

　　"那是咚咕啦波奇还是咚嘎啦吼奇? 搞不清楚。"千加嘀咕了一句。

　　"你们看! 那是沙耶，"久子叫了起来，她看到一个漂亮的女人正和雾女铂丝互相抱着彼此的肩膀，"太好了，她们和好了!"

在两姐妹的脚边，有一条像褐菖鲉那样全身凹凸不平的鱼，那大概就是花身鯻吧。

有一小团白云，仿佛一道彩虹似的飞奔而来，然后变成了鼯鼠弗洛的模样，在空中一圈圈地跑个不停。

它们全都伸出手，依依不舍地和地上的大家道别。

不知道什么时候从木屋里走出来的板仓老师此刻正抱着胳膊，目瞪口呆地望着天空。他问："它们在说什么?"

"说再见。"雄三郎回答。

"它们说，谢谢。"茉里世说。

"它们说：'你们以后也要继续进行自然观察。'"正广说。

杉山老师不愧是一位画家。他一边目不转睛地盯着出现在这块巨型天空画布中的众生相，一边在心里感慨：这是多么雄伟壮丽的一幅美景啊！它们又是多么信任这群孩子啊！

"喂，大家，"杉山老师喊了起来，他的声音听起来有些嘶哑，"你们不要忘了蜡笔王国送给你们的这幅美丽的画作，也不要忘了地球并不只属于人类。"

板仓老师慢步走向了吉普车。不过，孩子们依然一动不动地站在那里，聚精会神地望着那些正在逐渐消失的白云图案。